透視悲歡人生

——小說評論與賞析

歐宗智　著

臺灣　學生書局　印行

自 序

歐宗智

　　小說反映人生，它也是人生的切片，我們藉由小說，體驗人生的喜、怒、哀、樂，從中尋找人生的答案，啟迪我們面對「生與死」的智慧，進而化悲愁為積極向上的力量。當然，這是指好的小說而言。

　　至於好的小說，可遇不可求，臺灣文學耆老葉石濤於《臺灣文學的回顧》書中有以下頗為明晰的歸納：「第一，要看這篇作品是否反映了現實，反映到什麼程度。第二，要看它是否對廣大的民眾有深刻的同情心，以及同情心發揮到什麼程度。第三，要看它對人類未來的遠景是否有愛心，或遠大的抱負，也就是是否具備了理想的傾向。第四，看它是否挖掘了人性，挖掘到什麼程度。第五，才是藝術表達的技巧，看小說的佈局構想和它所要表達的是否契合得恰當。」綜觀之，葉石濤對於小說的評價，強調現實主義、人道主義、理想主義、挖掘人性，以及藝術技巧。其實，只要符合或達到前述之一或二項要求以上者，都稱得上是值得一看、也必定經得起時間考驗的小說。

　　小說的內容與表現形式，五花八門，小說園地才得以呈現花團

錦簇的多元風貌，讓不同口味的讀者各取所需。不管是所謂嚴肅的
純文學小說、通俗的大眾小說，或是介乎二者之間，兼顧藝術與商
業的作品，無論軟硬新舊，只要讀完之後，心有所感，覺得有話要
說，就是心目中的好小說。

　　由本書所評論與賞析的小說，可知我閱讀口味十分廣泛。我衷
心感謝這麼多傑出的作家，深刻體驗、觀察、思索人生，殫精竭
慮、焚膏繼晷地寫出精采的小說，讓我們閱讀、欣賞、感動，從中
獲得人生的種種啟發。喜歡文學的讀者，在《透視悲歡人生》的第
一輯「西洋篇」，可以看到珍·奧斯汀幽默的諷刺；杜思妥也夫斯
基深刻挖掘人性；托爾斯泰苦苦找尋人生的答案；卡夫卡探詢存在
的意義；西瑪·拉格洛芙敘述頑皮少年的蛻變與成長；托瑪斯·曼
莫大的人生嘲諷；羅曼·羅蘭帶來古典音樂的文學饗宴；褚威格小
說的反戰反極權表現；吳爾芙開拓女性文學新領域；莫里亞克描寫
親情的衝突與寬容；多麗斯·萊辛低吟獨居老人的悲歌，以上莫不
值得細細品味。

　　再者，第二輯「東洋篇」包括志賀直哉道德靈魂的痛苦與淨
化；大岡昇平對於人性的極度試煉；佐多稻子勾繪原爆留下的陰
影；松本清張推理小說與社會現象完美的結合；遠藤周作描寫代溝
的衝突與悲哀；渡邊淳一在商業與藝術之間的文學表現；村上春樹
的孤獨、失落與悲哀；石田衣良書寫街頭少年傳奇，不難看出日本
小說的多元發展。以及第三輯「華文篇」，魯迅鞭撻中國人的劣根
性；郁達夫揭露自己病創的靈魂；林語堂宣揚儒道互補之人生哲
學；錢鍾書豐富的譬喻與犀利的諷刺；高行健自由的嚮往與實踐；
蔡素芬書寫鹽田兒女的悲歡離合；侯文詠對教改的抗議與迷惘……

等等，應是多采多姿、美不勝收吧？

　　但願本書這些以文學結構主義的角度去評論與賞析的篇章，不只是野人獻曝，更希望能夠勾起讀者的興趣，進一步去親炙原典名著，帶給自己心靈的養分，以及精神方面無上的享受。

—— 2008.9.10

透視悲歡人生
——小說評論與賞析

目　次

【華文篇】

發掘人物的性格與情感

──看珍·奧斯汀《傲慢與偏見》

（一）以女性的戀情及婚姻為經緯

　　無論是藝術小說或通俗小說，總要讓人讀來有趣，當然有趣之外還能夠使人得到啟示或覺得受益，那更是作者企求的目標和境界。英國女作家珍·奧斯汀（Jane Austen, 1775-1817）的《傲慢與偏見》（*Pride and Prejudice*），即為這樣的佳作，由於她對人性描寫之深刻細膩、化平淡為神奇的敘事功力，以及小說結構的完美，即使於二十一世紀觀之，依然歷久不衰，讀來津津有味，毋怪乎《傲慢與偏見》也一再被改拍為形成話題的文學電影。

　　珍·奧斯汀一生當中，共完成六部小說，除處女作《傲慢與偏見》外，其他分別是《理性與感性》、《諾山格府第》、《曼斯菲爾公園》、《愛瑪》與《勸導》，這些作品共同的特色是，以女性的戀情及婚姻為小說經緯，拋棄中世紀英雄神話傳說，積極從事現實生活的描寫，其所塑造的人物，均出自真實人生，讀之倍感親切，堪稱近代寫實小說之母，為後來的小說作者帶來深遠的影響。

（二）描寫現實生活的喜劇

一般咸認，《傲慢與偏見》為珍·奧斯汀代表作，其所塑造的人物，個個栩栩如生，特別是女主角麗琪和男主角達西的性格與情感，尤其鮮明、深刻，讀完小說之後，讀者應該都會喜歡上這兩個人物，而且為他們的「有情人終成眷屬」的結局感到高興。

《傲慢與偏見》全書共六十一章，主要敘述班納特夫婦育有吉英、麗琪、曼麗、凱蒂和麗迪雅五個女兒，俗氣的班納特太太最大的心願就是儘快替女兒們找到夫家。來自倫敦，年輕、未婚、富有的紳士彬格萊成為班家的鄰居，短暫往來後，彬格萊與班家溫柔美麗的長女吉英一見鍾情，情投意合。但與彬格萊同行，富有而極具地位的朋友達西，看來卻冷漠傲慢，在舞會上還得罪了聰明伶俐、很有個性的班家次女麗琪。總之，大家都對達西十分反感，加以彬格萊不告而別，又聽到英俊瀟灑、彬彬有禮、從小和達西一起長大的民團軍官韋翰說起自己遭達西欺詐陷害，麗琪對達西乃更為厭惡。

班納特先生無子繼承財產，依當時法律規定，其財產將由姪子柯林斯繼承。柯林斯是可笑又愛自我炫耀的牧師，打算娶班家五個表妹中的一個以為彌補，在班母暗示下，他向麗琪求婚卻遭拒絕，使得班母非常生氣；將麗琪視為掌上明珠的班父則暗自慶幸。急於替新家找到女主人的柯林斯，轉而向麗琪的好友夏綠蒂示愛、結婚。麗琪拜訪夏綠蒂新居時，與達西意外重逢，彼此唇槍舌劍、互不相讓，但達西反被麗琪獨特的個性所吸引，逐漸萌生愛意，進而向麗琪求婚，他以為婚事十拿九穩，未料麗琪不屑其傲慢，嚴詞予

以拒絕,並指責達西從中破壞彬格萊與吉英的交往,以及對於韋翰的不公平待遇。達西的傲慢受到空前挫折,他寫信替自己辯白,不否認設法阻撓彬格萊與吉英的交往,原因是班納特夫人和兩個小女兒的行為不知檢點,有失閨秀風範;至於韋翰,根本放蕩不羈、好賭成性,甚至忘恩負義地計劃與他的妹妹私奔,他對韋翰早已仁至義盡。麗琪至此方知韋翰才是中傷恩人的虛偽者,也為自己的偏見引以為恥。

民團移防後,班家活潑、外向、愛慕虛榮的么妹麗迪雅,才十六歲大,竟不顧一切跟韋翰私奔,下落不明,令班家天翻地覆。後來,在倫敦結了婚的韋翰和麗迪雅回門,表面上未辱門風,然麗琪由舅母處探知,內情並不單純,原來是達西為了麗琪,四處打聽,先找到韋翰,幫韋翰還清債務及安排工作,強迫原本想娶富家女的韋翰不得不與沒什麼嫁妝的麗迪雅結婚。麗琪深受感動,對達西的心乃由尊敬轉成愛情。不久,由於達西的協助,彬格萊回到吉英身邊了。而達西的姑母嘉德琳夫人獲悉姪兒有意向麗琪求婚,乃親至班家興師問罪,蠻橫地要求麗琪退出,但麗琪不卑不亢、毫不畏懼權威,令嘉德琳夫人想把女兒嫁給達西的希望為之破滅。此時,既然達西過分的傲慢與麗琪無禮的偏見都已消失,麗琪欣然接受達西再次的求婚。於是,班家一年之內,嫁出三個女兒,班納特太太十分高興,甚至於變成一個通情達理、和藹可親、頗有見識的女人。

(三) 麗琪的偏見

《傲慢與偏見》採用第三人稱敘述,大體而言,小說敘事以麗

琪為主軸，讀者可以獲知麗琪的想法，感受她的情緒，聽到她機智的談話，認識到她不同於一般女性的獨立個性。《傲慢與偏見》對於麗琪的人物塑造，可以說最為立體、生動。

班納特家的五千金，個個性格不同，長女吉英溫柔、美麗、善良、有耐心；三女曼麗不夠漂亮，喜歡讀書說道理，顯得老氣橫秋；老四凱蒂天真不懂事；么女麗迪雅活潑、任性、放浪、貪玩，頭腦簡單。至於次女麗琪，沒有大姊吉英或么妹麗迪雅美麗，但其魅力來自於她的靈活聰穎和自信。

二十一歲的麗琪不像姊姊的溫柔，她個性強，彈琴時，明白告訴達西：「你這樣走過來聽，是不是想來嚇唬我？儘管你妹妹演奏得的確很好，我也不怕。我生性倔強，別人絕不能把我嚇倒。人家越是想來嚇倒我，我的膽子就越大。」面對眾多女子百般討好的達西，她卻不希罕達西的垂青，拒絕與之共舞，因為達西第一次見面，竟認為麗琪：「她還可以，但她的漂亮還不足以打動我的心，眼前我沒有興趣抬舉那些受冷落的小姐。」後來二人有機會對話時，麗琪勇於直指其個性上的缺陷：自視甚高，對任何人都感到厭惡、不耐。甚至於達西漸漸被她的靈活聰穎、大方不造作所吸引，覺得麗琪美麗的眼睛竟會帶給他莫大的快樂。當他第一次向她求婚，麗琪不但拒絕，且予以嚴厲批判，令達西大感意外，急著寫信辯白，這才讓麗琪了解事實真相，扭轉對達西的偏見。

主見自信是麗琪鮮明的表徵。比如她認為沒有愛情做基礎的婚姻，不會幸福。當勢利的表兄柯林斯遭麗琪拒絕後，立即向她的閨友夏綠蒂求婚，而且獲得夏綠蒂的同意，這樁沒有愛情的婚姻，令麗琪替夏綠蒂感到難受、痛心。舅母嘉丁納太太提醒麗琪，最好是

找有財產基礎的人談戀愛，麗琪卻告訴舅母：「年輕人一旦愛上了什麼人，絕不會因為目前沒有錢就肯撒手。要是人家打動了我的心，我又怎能免俗？」地位崇高的嘉德琳夫人認為班家大姐尚未嫁人，妹妹們就出來交際，極為不妥，頗有嘲諷之意，麗琪則回答：「要是因為姊姊們無法早嫁，或是不想早嫁，使妹妹們不能有社交和娛樂，那實在是做姊姊們的罪過。最小的和最大的同樣有享受青春的權利。」可見麗琪不同於世俗，擁有自己的思想和看法。

最後，達西的姑母嘉德琳夫人蠻橫地要求麗琪不准再跟達西在一起，麗琪認為，光憑有錢有勢還不足以讓她心驚膽戰，她正告嘉德琳夫人：「我只是要按自己的意願和方式爭取我的幸福，而不去考慮你或是任何一個與我毫無關係的人的意見。」麗琪為自己的愛情據理力爭，也才使達西因此了解她的心意，鼓起勇氣再次求婚。麗琪則深知「這樣的婚姻肯定會使雙方都受益匪淺。她平易活潑，可以把他的心境陶冶得柔和，舉止變得文雅；他的真知卓見，閱世頗深，也一定會使她得到莫大的助益」。換言之，麗琪的主見與自信決定了自己的婚姻，也因此獲得了幸福。

（四）達西的傲慢

跟麗琪相對的是聰明過人、傲慢而又愛挑剔的達西。他身材高大，一表人才，家世好，收入又多，令人羨慕。從孩提起，大人們就教他什麼是對的，不過從來沒有人教導他去培養好性情，他們教給他好的信條，卻任由他以驕傲和自負的方式去實行它們。因為家中只有他一個兒子，他自是被父母寵壞了，他們雖然自身很好，尤

其是達西的父親，待人非常仁厚、和藹，偏偏縱容他，甚至教育他自私自利、高傲自大，不懂得去關心家庭以外的任何人，以致於認為天下人都不好，別人的見解、悟性、品格都不如他。於是他顯得孤僻，但自認是「有分寸」的傲慢，而周圍的人也認為，他有足夠的條件來任性。直到二十八歲結識麗琪之前，他都是如此。

達西心目中理想的對象，應是多才多藝的，要精通音樂、歌唱、繪畫、舞蹈及現代語文，除此之外，儀表、談吐都得端莊、風趣，並且能夠多讀書，長見識，具有真才實學。經過幾番接觸、了解，達西發現麗琪就是這樣一位讓他動心的女性，甚至使他不去在乎她的家世普通以及家人的粗俗。達西漸漸嘗試改變自己，在禮貌和待人方面都有長足進步，扭轉了大家心目中傲慢的刻板形象。他向麗琪告白：「幸虧有你！你給我上了一課，雖然開始時我很痛苦，卻叫我受益匪淺。你羞辱得好。我向你求婚時，根本沒有想到會被拒絕。是你叫我懂得向心愛的姑娘表達感情時，那種自命不凡是多麼可怕。」可見達西固然傲慢，幸虧懂得自我反省。

難能可貴的是——知錯能改，達西認為自己未讓大家知道韋翰的劣行，以致使人誤解，引起後來的私奔風波，他自覺應負起責任，是以事後設法彌補；等到他發現吉英確是很好的女人，就改變主意，鼓勵彬格萊向吉英求婚。更重要的是，麗琪跟其他討好達西的女人完全不同，而表面裝出冷峻高傲的他卻有著寬大的心胸，接受麗琪嚴厲的批評而不恨她，唯其如此，兩人才能夠成就這一段美妙的婚姻，帶給全天下有情人深刻的人生啟示。

（五）平淡而有趣

　　《傲慢與偏見》在發掘人物的性格與情感方面，成績斐然，但不可諱言，也有其不足之處，例如作者描寫英國鄉間中等家庭的生活相當細膩，對於上流社會，諸如達西家庭的描述則遠不及前者，顯然力有未逮。又，書中的麗琪好讀深思、個性獨立，應是頗具女性意識的新時代女性象徵，可是關於韋翰和麗迪雅罔顧道德觀念之私奔行為，她對於達西用金錢解決問題而不傷體面的作法，似乎表示認同，就像一般息事寧人的價值觀，欠缺女性自主意識，此不啻顯示，珍·奧斯汀的思想依然落伍。而第三十五章，達西寫信向麗琪告白，這是全書故事情節逆轉的關鍵點，唯其內心如何變化，書中隻字未提，讀者當然更無從得知，此實為本書美中不足之處。

　　然就創作手法言，珍·奧斯汀所敘述的都是些極其普通的日常事物，看似平淡，作者卻透過生動的對話和細膩的筆法，一直吸引讀者急著翻到下一頁，這充分展現珍·奧斯汀小說創作的高度才華。英國小說家毛姆將珍·奧斯汀列為「世界十大小說家」之一，稱讚道：「比更偉大而有名望的小說家寫的，看起來還有趣。」誠非溢美之詞也。

幽默的諷刺

——《傲慢與偏見》的柯林斯牧師

（一）筆調自然詼諧

英國女作家珍·奧斯汀（1775-1817）被小說家毛姆評為「世界十大小說家」之一，其代表作《傲慢與偏見》的眾多人物莫不栩栩如生，尤其她以自然而詼諧的筆調來描繪柯林斯牧師的心態，諷刺意味十足，不禁令人發笑。

柯林斯是《傲慢與偏見》故事的核心——班納特家的姪子，因班納特先生有五千金卻膝下無子，依英國當時法律規定，班家財產將由姪子柯林斯來繼承。柯林斯打算娶班家五表妹中的一個，以便將來問心無愧地繼承財產。因班家長女吉英已有對象，柯林斯便將目標鎖定次女麗琪，很快向她求婚，追求浪漫的麗琪覺得柯林斯厚顏可厭，當面拒絕之。這使得班家母親非常生氣，見到麗琪就罵，持續了一個星期之久；不過視麗琪為掌上明珠的父親則暗自慶幸不已，因為他不希望聰敏的女兒嫁給配不上她的人。柯林斯為了儘快替自己的新家找到女主人，迅即轉向麗琪的好友夏綠蒂求愛、結

婚。柯林斯認為，麗琪的決定是班家的損失；麗琪的看法是，柯林斯和夏綠蒂這種沒有愛情的婚姻不太可能幸福。倒是長得不漂亮、家境平平，年紀又已二十七歲的夏綠蒂，對此婚姻感到心滿意足。

（二）既驕傲自大又謙卑順從

《傲慢與偏見》對於柯林斯牧師口口聲聲不離財富地位、荒唐可笑而又喜歡自我炫耀的個性，不斷予以諷刺，形成本書的顯著特徵之一。柯林斯頭腦不靈活，既先天不足又後天失調，雖然進過大學，但未能畢業，他也涉足社會，可是這並沒有彌補他先天的缺陷。柯林斯年紀輕輕就得到班家財產繼承權，不免自大起來。正好漢斯福教區牧師出缺，柯林斯鴻運當頭，受到領地廣闊、出身高貴的嘉德琳夫人所提拔，得以出任該教區的牧師。對於地位頗高的嘉德琳夫人，柯林斯百般崇拜、討好，受邀用餐時，他一副得意的神氣，交口稱讚每一道菜餚；在舞會上，一聽聞達西先生是嘉德琳夫人的近親，立即主動要求介紹認識，毫不保留地阿諛諂媚、卑躬屈膝，確是肉麻當有趣。柯林斯可以說，兼具了驕傲自大和謙卑順從的雙重性格。

柯林斯牧師初訪班家，班納特先生挖苦他擁有「非常巧妙」的、說人家好話的特殊才能，故意問他：「這種討人喜歡的奉承話，是臨時想起來的呢，還是老早就準備好了的？」沒想到柯林斯竟大言不慚地回答：「大半是看臨時的情形想起來的，不過有時候我也打趣自己，一些很好的小恭維話預先就想好了，平常有機會就拿來應用，而且說的時候，總是要假裝是自然流露出來的。」其言

行之荒謬簡直令人啼笑皆非。飯後,柯林斯主動提出餘興節目,亦即由他朗誦單調乏味的「講道集」,其生性之無趣由此可見一斑。大家聽著柯林斯乏味的佈道,自是哈欠連連,偏偏他口沫橫飛,陶醉其中。舞會前,柯林斯預約與表妹們跳舞;跳舞時,卻讓麗琪覺得煩惱,簡直活受罪。因為柯林斯既笨拙又呆板,只知道一個勁兒道歉,未能小心一些,往往踏錯了舞步還不自知,真是個十足教人討厭的舞伴,使麗琪丟盡了臉,渾身不自在。因此,一俟舞畢,麗琪迫不及待從柯林斯的魔手裡脫逃出來。

(三) 追名逐利的虛偽教士

最妙的是,麗琪已明白拒絕柯林斯的求婚,但他依然鍥而不捨,繼續誇獎麗琪的「矜持」,認為麗琪此舉是欲擒故縱,想博取他更多的喜愛,無疑是在「鼓勵」他!柯林斯鄭重告訴麗琪:「年輕的姑娘們第一次遇到人家求婚,即使心裡願意,口頭上也總是拒絕;有時候甚至會兩次三次地拒絕。這樣看來,我絕不會因為你剛才說的話而灰心,我真恨不得能跟你馬上到神壇前去呢。」麗琪直截了當表明,她不會拿自己終生的幸福去冒險,他們兩人是絕不可能結婚的,說:「我向你保證,我絕對沒有冒充風雅,故意戲弄一位有面子的紳士。但願你相信我說的都是真話。承蒙不棄,向我求婚,我真是感恩不盡,但要我接受,是絕對不可能的。因為我根本不愛你啊!難道我說得還不夠明白嗎?請你別把我當作一個故意賣弄姿態的高貴女子,我只是一個說真話的平凡人。」好不容易,這才讓柯林斯對麗琪死了心。以上柯林斯之執意「自欺欺人」,怎不

可笑？怎不令人為之噴飯？

　　後來，麗琪應夏綠蒂之邀前去小住，柯林斯刻意向她誇耀屋子的優美結構、樣式以及一切陳設，似乎要麗琪明白，當初拒絕他是多麼大的損失。這令麗琪詫異，也讓夏綠蒂感到難為情，柯林斯則渾然不覺，依然興沖沖地領著麗琪踏遍花園裡的曲徑小道，看遍每一處景物，每看一處都得瑣瑣碎碎地講一陣，美的或不美的都叫他說完了，看的人完全插不上嘴去讚美幾句。

　　當嘉德琳夫人獲悉姪兒達西有意向麗琪求婚，她強烈表示反對，麗琪不予理會，身為表兄的柯林斯立即成為嘉德琳夫人的打手，寫信警告班家，萬萬不可見利眼紅，否則這樁身分地位不對等的、不光彩的婚姻將會招來種種禍患。甚至於指責班家，允許私奔同居的么妹麗迪雅和軍官韋翰於婚後一同回門，乃是「對邪惡穢行的一種慫恿」，柯林斯繼而冠冕堂皇地說：「作為一個基督徒，你當然應該寬恕他們的行為，但卻應該拒絕見到他們，也不應該讓別人在你面前提到他們的名字。」於是作者藉由班納特先生之口，諷刺道：「基督徒竟然是這樣寬恕別人的！」柯林斯就是這樣一個滿口仁義道德，實則追名逐利的虛偽教士。

（四）人性的掌握與了解

　　時代雖然不斷變遷，只要我們仔細看看當今社會，必然發現，像柯林斯此般既自卑又自大、表面正經實則猶如小丑的人物，還是繼續存在著，不過稍為改變形象罷了。由此可見珍·奧斯汀觀察力之敏銳，以及透過人性之掌握以塑造小說人物技巧的高明。

人性的墮落與救贖

──談杜思妥也夫斯基《罪與罰》的主題

（一）描繪社會底層人物的心理

　　杜思妥也夫斯基（Fyodor Mikhaylovich Dostoyevsky, 1821-1881）是偉大的俄國小說家，其沉鬱而難以理解的文學風格，對二十世紀的世界文壇產生深遠影響。一般認為，撐起俄國文學的兩大主要支柱，即托爾斯泰與杜斯妥也夫斯基，而杜氏於一八六六年出版的長篇小說《罪與罰》，則與托爾斯泰大河小說《戰爭與和平》並列為最具影響力的俄國小說。

　　一八四九年，杜思妥也夫斯基曾因參加反沙皇的秘密集會，觸怒當道而被捕，隔年遭判刑流放西伯利亞，服四年牢役。與罪犯共度的苦痛生活，使他對俄國社會的黯淡面有極深刻的觀察，也對人類生活、人性中的善惡及俄國人的性格有了新概念，這些觀察及概念即呈現於《罪與罰》之中。此書描繪那些生活在社會底層卻有著不同於常人想法的角色，包括人性的脆弱與瘋狂、光明與黑暗、邪惡與聖潔、墮落與救贖……等。杜思妥也夫斯基藉由主人翁拉斯科

納夫面對人生的衝突、矛盾、痛苦與掙扎，以近乎殘酷的方式，不斷地拷問自己的靈魂，解剖其病態心理，逼使讀者對於人類未來的出路有所思索。《罪與罰》揭露人物的道德危機而又充滿崇高的宗教意識，構成此書最重要的主題。

（二）因信仰而復活

　　《罪與罰》的主人翁拉斯科納夫是一個貧窮的大學中輟生，他抑鬱寡歡，賃居在彼得堡一個窄小的房間。他經常典當物品，換得金錢以勉強度日。掌管當鋪的阿里拿伊夫諾太太，為人吝嗇，只願付極少代價來收購學生們典當的物品。拉斯科納夫認為阿里拿伊夫諾太太貪婪有罪，乃「替天行道」，以斧頭砍死她和她那無意間目擊現場的同父異母妹妹威里，並拿走珠寶與錢財。從此他想盡辦法應付司法人員的調查，同時也在自身罪惡感的折磨下，受盡痛苦。這期間，拉斯科納夫逃避來訪的母親和疼愛的妹妹，認識了賣淫維生而心地善良的妓女梭娜，受到虔信宗教的梭娜影響，他終於主動向警方自首，坦承殺人罪行。經審判，獲從輕發落，拉斯科納夫被流放到西伯利亞服刑八年；梭娜全力支持他，她安排好弟妹的去處，跟隨拉斯科納夫一起到西伯利亞。

　　起先，拉斯科納夫依然痛苦掙扎，無法真心接受梭娜，以粗暴的態度對待她，然梭娜不離不棄，只是默默陪伴，沒有絲毫怨言。直到梭娜病了一場，拉斯科納夫發現自己原來如此愛她，於是決心相信上帝，踏上信仰之路，盡一切力量來補償她，他也因此復活了！即使刑期尚有七年，但他不再害怕，他期待著離開西伯利亞後

的新生活。

（三）理論和良知的拉扯

　　杜思妥也夫斯基對於《罪與罰》核心人物拉斯科納夫的性格塑造，著力凸顯「罪與罰」的主題，為本書挖掘難得一見的深度。拉斯科納夫是無神論者，個性矛盾、多變，甚至荒謬。他傲慢、自豪，既是慷慨、善良的人道主義者，有時卻又冷酷無情、麻木不仁，到了失去人性的地步。比如拉斯科納夫讀大學時，資助罹患肺癆的窮困同學，同學死了，還代為照料其年邁生病的父親，以及處理後事；自己手頭拮据，卻慷慨拿錢幫助街頭醉酒的少女或街頭賣唱者；將母親好不容易匯來的款項悉數捐給寡母妓女，用以埋葬她們死去的酒鬼丈夫；此外，鄰居房屋失火，拉斯科納夫不顧自身安危，勇敢衝進火場，救出兩個小孩，自己因此被灼傷。但另一方面，拉斯科納夫竟也冷血地用斧頭砍死開當舖的老嫗和她無辜的妹妹。

　　更令人難以理解的是，拉斯科納夫自有一套「殺人正當性」的說法，他撰文指出，人分成「平常的」與「特別的」兩種，平常的人要遵循法律道德，特別的人則可以無法無天，因為他們超越常人。他進一步向檢察官派弗里說明：「非常的人為了實現理想，必須排除道德法律的束縛，譬如亞歷山大、穆罕默德、拿破崙，他們破壞卻絕不是罪人，他們反而是制訂新法，有時為了理想的實現，也只好流點血，破壞是為了改善現狀。老實說，歷史上的偉人全都犯了殺戮罪。異於常人的人，因為會溢出常軌，性格上也多半是罪

人。我說他們有犯罪的權利，指的是這個！」於是乎，人為了實現自己的理想，是有必要踏過屍體和血泊的，而他之砍殺當舖的老嫗，乃因老嫗剝削窮人之貪婪，對拉斯科納夫來說，這個謀殺猶如「殺死一隻可惡的、有害的、對誰也沒有用的蝨子」，他絕不會有一點良心上的懺悔！可是，每當寂靜來臨，拉斯科納夫又不斷地受到良心的煎熬，令他痛苦萬分。既不認為有罪，他就這樣在自以為是的理論和內在的良知相互拉扯下，陷入混亂、焦慮的困境之中。

（四）捨己犧牲的救贖

　　直到拉斯科納夫遇見車禍而亡的窮困書記官之女梭娜，這位善良的女子為了家計，犧牲自己，甘願淪為妓女。拉斯科納夫不懂，命運如此悽慘的梭娜何以還能活得下去？梭娜對上帝的信心和敬畏，令拉斯科納夫大惑不解，他發瘋似的，突然向她下跪，狂吻她的腳，問她：「妳是罪人沒錯，妳住在污劣之中，可是妳卻有如此高尚的情感，妳在大大的受苦啊……。妳為什麼沒有自殺或瘋掉或敗壞掉了呢？難道妳還在等待奇蹟？」在原本並不相信上帝的拉斯科納夫要求下，梭娜為他念了段新約聖經約翰福音第十一章所載「拉撒路復活」的故事，其中耶穌說道：「復活在我，生命也在我；信我的人雖然死了，也必復活，凡活著信我的人必永遠不死。」從梭娜身上，拉斯科納夫強烈感受到一位擁有盼望的弱女子，在苦難中所散發出的光芒。這種特殊的吸引力，促使拉斯科納夫在梭娜面前，完全的開放自我，坦承行兇，並抒發內心積壓已久的情緒。梭娜發現拉斯科納夫內心的痛苦，認為全世界再沒有比他

更不快樂的人了，她充滿同情地緊緊擁抱他、撫慰他。

和梭娜完全捨己、犧牲的精神相較之下，原本以為「殺老嫗的是惡魔不是我」的拉斯科納夫，頓時感到個人的自私，在一層層的自我剖析後，他深知犯罪的真正動機是為了個人利益，為了滿足自己內心的慾望，而非為了他人的幸福。拉斯科納夫了解這些之後，整個人幾乎完全崩潰，因為良心的譴責不斷逼迫著他。於是拉斯科納夫認了自己的「罪」，也願意接受應有的「罰」。

讓拉斯科納夫甘心以受苦去贖罪的關鍵人物是梭娜，她是社會上人人歧視的妓女，卻代表著至高無上的聖潔與救贖，深具象徵性。梭娜告訴拉斯科納夫：「去承認你的罪過，上帝就會給你新生了。」鼓舞他：「以受苦去贖你的罪吧！證明你不是跳蚤，是新生的人。」梭娜自己保留銅製的十字架，另外把木製的十字架送給拉斯科納夫，她猶如聖母瑪利亞，說：「我們一同受苦難，也一同掛十字架。」怎不感動！無神論者拉斯科納夫最終決心相信上帝，踏上信仰之路，取得內心的平靜；宗教信仰讓他的生命找到慰藉和依靠，使他有了生存的理由。

（五）宗教情懷的感動

由《罪與罰》可以看出，杜思妥也夫斯基是一位具有濃厚宗教意識的作家，希望藉由宗教來拯救人類，他透過人物塑造，分析了「自我懲罰」的宗教心理，讓人深切反省。而杜思妥也夫斯基的宗教思想中，存在著內在矛盾，亦即既對上帝有狂熱的信仰，認為「沒有信仰便是罪」，卻又抱持懷疑的態度。此一思想上的矛盾，

對文學創作產生深刻影響，成為貫穿其小說的一條思想主線，乃杜思妥也夫斯基小說的一大特色。雖然，小說到了「尾聲」，在西伯利亞服牢役的拉斯科納夫，因為覺得自信自尊徹底被踐踏而沒有了笑容、悶悶不樂，突然在一個晴朗、靜謐的早晨，初癒的梭娜悄悄坐到拉斯科納夫身旁，杜思妥也夫斯基寫道：「事情真有點奇怪。剎那之間，好像有什麼東西握牢他，他倒在她面前了。他邊哭著，邊抱著她的雙腿。起初她受到驚嚇，臉色也變灰白。她站起來，看他顫抖著。不久她懂得了，她的眼中不覺蘊藏著愉快、光明的神色。她完全瞭解，他愛她勝於一切，而最後的一刻來了……」原來，這個不讓自己表達軟弱情感的男人，內心深處的驕傲終於崩潰，他重新復活了。不過，就小說藝術表現言，這樣的心情轉折或者「頓悟」，顯得突兀、勉強，難免減損對於讀者的說服力。

總之，杜思妥也夫斯基《罪與罰》在發掘與逼視人性的同時所流露的偉大、悲憫的宗教情懷，帶給讀者思想上的啟發與感動，提供一片恢闊深刻的反省空間，在在值得對人生意義感到迷惘的現代人深加重視。

尋找人生的答案

——談托爾斯泰《戰爭與和平》

（一）近代敘事史詩

羅曼‧羅蘭稱讚俄國小說家托爾斯泰（Leo Tolstoy, 1828-1910）百萬餘字的大河小說《戰爭與和平》（寫作時間：1865-1869）是「我們的時代底最大的史詩，是近代的《伊里亞特》」（《伊里亞特》為古希臘荷馬史詩）。此書主要以一八一二年俄法戰爭為時代背景，作者譴責拿破崙發動侵略，表現俄國人民反抗強權的勇氣，讚揚其愛國激情和戰鬥精神，肯定了保衛家國的正義性。在龐大的敘事結構中，以三個俄羅斯貴族安德烈、皮埃爾和娜塔莎為核心，敘述他們在戰爭與和平的年代裡，經歷生活中無數苦痛之後，終於體悟人生真諦的故事，同時隨著主角的命運軌跡，展露十九世紀初期俄國社會與政治的變遷，探索俄國貴族的命運和前途，替歐洲近代歷史最動盪的時期留下真實記錄，整體架構宏偉，人物超過五百名，線索眾多，氣勢磅礴，是難得一見的大河小說。

在作品風格上，《戰爭與和平》既有平緩的記敘，又有昂揚的

抒情，是寫實與浪漫的結合；既有細緻的心理刻劃，也有激烈的辯論和層次分明的說理，堪稱多元藝術手法的呈現。此一鉅著問世以來，無論從量或質來看，一直被認為是世界上最偉大的小說之一。

（二）大時代的人生

　　十九世紀初葉，法國拿破崙旋風橫掃歐洲，俄國很多充滿理想抱負的年輕人，他們愛拿破崙一介平民卻攀上歷史顛峰的勇氣與才華，欣賞拿破崙標舉「自由、平等、博愛」的干雲豪氣，卻也痛恨拿破崙斲傷民族自尊地征服其他國家。《戰爭與和平》寫的正是這樣的大時代，已婚的俄國貴族安德烈，厭倦社交生活，感到不幸福快樂，乃拋下懷有身孕的妻子麗沙，從軍作戰。安德烈的好友皮埃爾，是伯爵的私生子，倍受寵愛，伯爵去世後，繼承龐大家產，生活則欠缺目標，毫無主見地娶公爵之女海倫為妻，然海倫不守婦道，令皮埃爾莫可奈何。在前線作戰的安德烈身受重傷，死裏逃生，回到家，妻子麗沙難產，生下兒子之後不幸死亡，這一生一死使得安德烈厭倦於人生的奮鬥，不肯回到軍中。相反的，皮埃爾疑心妻子不貞，怒而與人決鬥，決意與妻分居，這期間，皮埃爾因緣際會，認識到上帝的存在，加入「共濟會」，不再空言理想，他變成了為別人奉獻的實踐者。

　　三十一歲的安德烈，原本過著平靜無爭的生活，無意間認識天真可愛的羅斯德伯爵之女娜塔莎，內心重燃青春熱情，希望與娜塔莎結婚，走出黯淡的生活，但遭安德烈老父非理性的反對，結果互讓一步，同意一年後再結婚，安德烈隨即重回軍中。只是娜塔莎才

十六歲，心性未定，不知道什麼是真愛？經皮埃爾妻子海倫兄長寇楠通的勾引，娜塔莎竟要求安德烈同意退婚，並打算跟寇楠通私奔。詎料寇楠通早已結婚，受騙的娜塔莎因而病倒。皮埃爾勸安德烈寬恕娜塔莎，再次求婚，遭安德烈拒絕。娜塔莎心情低落，服毒自殺獲救，直到信仰上帝，才慢慢恢復正常生活。另一方面，皮埃爾像抓住浮木般將自己埋進宗教事務中，像要透過這些事情幫助自己脫離人世間的苦難。但他察覺現實的醜惡，巨邸、漂亮虛榮的太太、社會地位、宗教界地位……等，這一切只讓他徹底厭惡，於是狂歡、酗酒、徵逐女色，過著逃避、墮落的日子。

俄法戰事慘烈，安德烈再度身受重傷，沒想到令他痛恨的寇楠通亦從軍且受傷截肢，同時接受醫療的安德烈起憐憫之心，選擇了饒恕和愛。莫斯科大撤離時，娜塔莎眼見亂局，突然湧生熱情，認真投入工作，放棄財產，換取士兵生命，也因此與安德烈在鄉間重逢，得以看護安德烈，讓安德烈了無遺憾地走完人生的最後一程。

留在莫斯科的皮埃爾一度計畫暗殺拿破崙，但功敗垂成。後來皮埃爾被法軍所囚，幾次目睹槍決與屠殺，徹底摧毀他對人性的信念。所幸認識主張「活下來比什麼都重要」的囚友卡普能，讓他重新對生活恢復信心。終於，皮埃爾獲救了，娜塔莎的弟弟彼雅卻死於這次的營救戰役。

戰爭結束，皮埃爾回到莫斯科，聽說妻子海倫死於感情生活過度複雜導致的疾病，他反而有著獲得自由的快感。皮埃爾拜訪娜塔莎，談起安德烈以及彼此生活的點點滴滴，深入認識對方善良的心靈，兩人最後結婚了，這一對歷經生命波折的大時代兒女，懂得真愛並珍惜一生。

（三） 重視主題內涵

　　托爾斯泰曾說：「為了作品的美好，就必須喜歡其中主要的基本思想。」可見托爾斯泰對小說主題內涵之重視，深具人道主義精神的他甚至把反映全人類的利益，以及揭示人民彌足珍貴的內在意識，做為他文學創作的追求目標。

　　生命究竟有無意義？有無價值？人生的目的究竟為何？古今中外，多少哲學家思索著此一系列問題，卻始終沒有一個放諸四海皆準的解答，人們因此而苦悶不已。當然，有思想的作家總是不斷在思考人生，探索生命，誠如文藝批評家姚一葦所言，一個好的小說家，必定是「廣義的哲學家」，而且對人生有所體認、有所闡揚。讀者藉由其作品發現人生的真諦，作家於是乎發揮了指導人生的功能。小說的表現，實際就是作者的整體內涵；由作者的思想人格即可知其作品，由作品亦可窺作者的人格。《戰爭與和平》可貴之處，在於托爾斯泰藉由安德烈、皮埃爾和娜塔莎的際遇，引領讀者一起尋找人生的答案。

　　安德烈與皮埃爾在性格上有著根本的不同，安德烈意志力強，企圖心旺盛，卻缺乏溫柔與愛；皮埃爾則哲學思維強，意志力與行動能力卻很薄弱。相同的是，兩人都苦苦思索著：「什麼是好？什麼是壞？應當愛什麼？恨什麼？為什麼活著？我又是什麼人？什麼是生？什麼是死？是什麼力量在主宰一切？」安德烈離開妻子上戰場，想尋找機會讓自己不至於成為自己最痛恨的庸俗人物，他追求「偉大」的人生，但幾乎致命的重傷以及倒地那一刻所看到的浩瀚天空，讓他為之徹悟，所謂成為偉大的英雄，只不過是虛榮罷了。

妻子死後，除了孩子，安德烈不再關切任何事情。直到娜塔莎重燃他的生命希望，雖然娜塔莎一度拋棄他，不過在他第二次受傷時，與愛情騙子寇楠通一起受苦，體悟到上帝「饒恕和愛」的真諦，安德烈想著：「是那種在我臨死前第一次體驗到的愛，那種面對敵人也能產生的愛。我體驗到的那種愛是心靈的本質，它無需具體的對象。我現在也體驗到這種幸福。愛他人，愛仇敵，愛一切，愛無處不在的上帝。愛一個親愛的人可以用人間的愛，但愛仇敵只能用上帝的愛。因此，當我覺得愛那個人的時候，我體驗到了極大的歡樂。」於是，以前害怕生命結束的他，如今面對死亡，竟有一種超脫塵世、輕鬆愉快的奇異感覺。

　　至於皮埃爾，對人生感到虛無，令他透過聲色等種種滿足，以逃避心靈清醒時帶給他的痛苦。雖然對人生沒有什麼計畫，所幸他內心善良質樸，不至於完全沈淪下去。後來，皮埃爾依靠宗教走出了虛無，共濟會的前輩告訴他：「你不快樂，那就改變生活，因為上帝在生活中。過讓自己滿意快樂的生活，就會認識上帝，因為你遵從了上帝的旨意。」但是，當他看見政治的黑暗與宗教偽善的一面，這再度使他陷於虛無之中。幸運的是，皮埃爾遇到單純善良的小老百姓——卡普能，他思想單純，個性善良，具有鮮活有勁的行動能力，博愛大眾，樂天知命的過每一天。卡普能藉由故事，道出他直覺理解的善良。卡普能喜歡一講再講這樣的故事：「有一個老翁被冤枉殺人送進牢裡，在牢裡受苦受難十年。有一天，他跟牢裡其他人講起他所受的冤屈，說完竟然有個新進來的囚徒向他下跪求饒，說：『老爹錯不了，人是我殺的，我害了你。』老爹原諒了他。這事傳出去，就有好心人想救老爹出來，可是法定程序十分費

時，等赦免令下來，上帝早已先救了老爹，老爹上天堂了。」卡普能說故事時，臉上流露一種神秘的意義和莊嚴的幸福，他這種純樸、可畏的精神力量，正是皮埃爾素所欠缺的。皮埃爾體悟之後，不再死守原則、主義、教條的信念，而是在每一天平平凡凡的生活中，看見上帝的信仰。原來上帝無所不在，過去費盡力氣尋找的東西，現在發現，分明就在雙腳底下，不必一天到晚問「為什麼」，因為生活即在上帝手中，人們只須在生活中誠實面對自己，不斷豐富自己的生活，便能夠真正理解上帝的信仰。

先是跟安德烈訂婚終而與皮埃爾結婚的娜塔莎，活潑、天真、誠懇、善良，堪稱《戰爭與和平》最吸引讀者的人物。娜塔莎很重要的一個特點，是她的直覺與感性，在她的世界裡，一切事物都如此簡單易感，一輪暈月、一首歌曲都令她感動，一點點小變化便會讓她快樂起來。所以，娜塔莎的熱情與活力重新點燃安德烈生之希望，也帶給皮埃爾幸福的人生。只是，年輕的娜塔莎太容易被感動，根本無法分辨真正的愛是什麼，以致發生一場驚心動魄、險些造成終生遺憾的勾引事件，幸好她因皈依上帝而得救；加以經過時代、戰爭的淬鍊，娜塔莎的心靈得以成長，找到人生的目標，她終於認識到，什麼才是真正的愛。娜塔莎深深感受到安德烈對她的愛，也能夠和皮埃爾心靈交流，她不但懂得皮埃爾所說的一切，還知道他想要訴說而又無法言傳的是什麼。

（四）超越時代的永恆價值

托爾斯泰透過《戰爭與和平》的安德烈、皮埃爾和娜塔莎，尋

找人生的答案，讀者可以看出，安德烈、皮埃爾和娜塔莎都是人道主義者，同時也都藉由宗教，獲得心靈的平靜。我們體會到，人道主義肯定所有人類的生命都是神聖的，具有至高無上、永恆的價值及自主地位，人人都應受到尊重，這是托爾斯泰人道思想的具現。

　　關於宗教，每一個人不管有無宗教信仰，對其生命都存有一種最後的預設或是所謂的「最終的關心」，並且依此假設生活，這也就是宗教思想的本質，提供了人生的基本意義和安全感。換言之，人的性格與生活行為都倚賴其內在的信念。人往往會去尋求這種被視為「永恆」的信念或真理，進而信奉某種宗教或哲學，構成自己的人生觀與價值觀。此一宗教或哲學，很自然地會有意或無意的表現在文學作品之中。《戰爭與和平》在這方面的表現，顯而易見。當然，各個主要人物端賴篤信宗教的力量而拯救了自我，不免令人疑問，這會否是作者的一廂情願？且作者如此直截了當的用力宣揚基督教信仰，讓人感覺如同「說教」或是「傳教」，難以衷心接受。

　　此外，小說的「尾聲」分為二部，敘述娜塔莎和皮埃爾建立美滿幸福家庭，生兒育女，娜塔莎為瑣碎家事而忙碌，成了所謂的賢妻良母，在在顯示托爾斯泰內心其實反對「婦女解放」的主張。又，如同《戰爭與和平》的許多段落，寫人敘事時，托爾斯泰常常插入自己對歷史、哲學、道德和宗教觀點的長篇大論，或許有時的確發揮說明主旨的作用，有時則失之冗長、龐雜。大河小說《浪淘沙》作家東方白讀完《戰爭與和平》，感想是「太多歷史重複描述及討論，讀來乏味，有事件，但沒有必然之連貫性，十分豪華但絕沒有《紅樓夢》之精密與緊湊」。「尾聲」的部分更以數萬字的篇

幅，闡述作者的生活理念和史觀，以致小說結構顯得鬆散，傷害了小說創作的藝術性，可謂過猶不及。

　　無論如何，《戰爭與和平》的主人翁們，積極探求社會出路和人生意義，帶給讀者深刻的啟示，在在提升小說的主題意涵，無疑使作品創造了超越時代的永恆價值。

追求自由幸福的女性悲劇

——談托爾斯泰《安娜·卡列尼娜》

（一）爭取戀愛自由

　　俄國小說家托爾斯泰（Leo Tolstoy, 1828-1910），作品充滿宗教精神及人道主義思想。沙皇時代，俄國在貴族集團統治之下，社會不公不義，民不聊生，整個國家動盪不安。出身於貴族家庭的托爾斯泰，受到盧梭、孟德斯鳩等啟蒙思想家影響，雖身處亂世，但不斷地自我批判，思索生命的價值，反省人生的意義，懷著悲天憫人的情懷，寫下探討俄國前途與命運的《戰爭與和平》（1869）、爭取戀愛自由為主題，全面反映當時俄國貴族生活的《安娜·卡列尼娜》（1877）、以男女主角心理描寫為中心，觸及許多社會問題和現象的《復活》（1899）等不朽長篇名著，舉世咸認，托爾斯泰是俄國最偉大、最能夠反映時代的作家。其中，《安娜·卡列尼娜》透過貴族婦女安娜慘痛的愛情悲劇和年輕貴族地主列文的推動農事改革，呈現十九世紀六、七十年代俄羅斯社會的生活面貌，以及深刻揭露當時俄國上流社會的道德淪喪和種種罪惡。特別是《安娜·

卡列尼娜》的核心人物安娜，勇敢對抗封建社會，奮力追求自由幸
福，無奈以悲劇收場，令人為之噓唏。羅曼・羅蘭《托爾斯泰傳》
指出，《安娜・卡列尼娜》是「被愛情所煎熬，被神底律令所壓迫
的靈魂的悲劇──為托爾斯泰一鼓作氣以極深刻的筆觸描寫的一幅
畫」。

（二）敘事雙線進行

　　《安娜・卡列尼娜》約九十萬字，敘事分雙線進行，一為安
娜，一為列文。地主列文為托爾斯泰的化身，代表一八六〇、七〇
年代的社會轉型催生者。列文拙於社交，對貴族生活不感興趣，選
擇住在鄉村，與農民一起工作。列文愛上好友斯切潘之小姨吉蒂，
因吉蒂另有追求者佛隆斯基而求婚遭拒。後來佛隆斯基移情別戀，
加以失戀的吉蒂及家人發現列文為人踏實，幾經波折，列文對吉蒂
難以忘情，鼓起勇氣再度求婚，終於如願與吉蒂結成連理，一同在
鄉下生活。

　　至於女主角安娜，十六歲即由姑母做主，嫁給年紀長她二十
歲、當上省長的卡列寧，兒子塞饒沙也已八歲。卡列寧仕途順利，
美麗的安娜讓男人愛慕也讓女人欣賞，於社交界頗為活躍。安娜的
哥哥斯切潘公爵有了外遇，對象是法國家庭女教師，引起家庭風
暴，斯切潘緊急向安娜求助。安娜從聖彼得堡趕到莫斯科調解，圓
融地讓兄嫂道麗委曲求全。莫斯科之行，改變了安娜的一生。安娜
在車站認識多金多情的英俊軍官佛隆斯基，兩人一見鍾情，佛隆斯
基不顧安娜已結婚生子，積極展開追求，傷了女友吉蒂的心，他追

隨安娜至聖彼得堡，安娜先是拒絕，不過終究無法抵擋佛隆斯基愛的告白，雙雙陷入熱戀，自此不能自拔。頻頻幽會後，突破男女大防，安娜懷孕了，向丈夫承認私情。卡列寧一度想與妻子分居，但為了面子，不提離婚，而他要求妻子終止戀情不成，竟默許安娜繼續與佛隆斯基交往，勉強維持表面的婚姻。安娜分娩時，罹患產褥熱，瀕臨死亡邊緣，就在這一刻，卡列寧原諒了妻子，跟佛隆斯基握手和解。佛隆斯基自覺屈辱、有罪，離開了安娜，自殺未遂。沒想到，安娜奇蹟似的活過來，產下女兒安妮。只是，安娜依然無法壓抑對佛隆斯基的愛，她離家出走，跟佛隆斯基前往義大利旅行，感到無比幸福。

旅行結束，回到俄羅斯，愛子心切的安娜忍不住偷偷回家探視，卻不被丈夫允許。此時戀情既已公開，安娜無法見容於俄國上流社會，個個把安娜看成墮落的女人，與之斷絕往來，安娜便和佛隆斯基移居鄉間。佛隆斯基要求安娜離婚，卡列寧故意拒絕，堅不放棄兒子塞饒沙，令安娜痛苦萬分。再者，佛隆斯基和安娜共處日久，由於佛隆斯基不甘寂寞，參加社交活動，令獨自在家的安娜為之妒忌，兩人乃不斷爭吵，彼此間不信任感日增。當佛隆斯基準備回家探視母親，安娜知道佛隆斯基必被安排相親，她難過、沮喪，佛隆斯基卻依然離她而去。失望之餘，安娜隨即趕往車站以期挽回。唯安娜精神業已失控，為懲罰佛隆斯基，她竟在火車駛近時，跳下月臺，跪在鐵軌上，讓火車迎面撞死。

葬禮之後，卡列寧領養了安娜的女兒，佛隆斯基受到良心譴責，幾乎瘋狂，接著不顧母親反對，志願從軍，前往巴爾幹半島，攻打土耳其，但求決戰一死。相對的，與農民站在一起的列文，在

質樸的老百姓身上看到人性善良的一面，他於是皈依上帝，踏實地投入生活，尋求生命的意義。

（三）誠實面對自我

　　《安娜·卡列尼娜》的核心——安娜，是全書最令讀者難忘的人物，托爾斯泰塑造安娜這個貴族少婦無與倫比的形象，她無邪、美麗、富有思想，當兄長的小姨吉蒂一見安娜，就為她傾倒，覺得她不像是八歲兒子的母親，淳樸自然，毫不做作；連鄉下地主列文看到安娜的畫像也大為著迷，覺得她的微笑和眼神都使人銷魂，等到見了廬山真面目，更情不自禁地讚嘆她達到美的頂峰，另有一種令人心醉的風韻。

　　安娜誠實面對自我的堅持，有別於一般女性。俄國上流社會本質虛偽，完全被金錢權勢所腐化，人與人之間只有利害關係，充斥謊言，習於互相欺騙，但安娜具有真誠性格，不同流合污。當她與富有、聰明、高貴、迷人的佛隆斯基相遇的剎那，佛隆斯基完全被她所吸引，「不是因為她很美麗，不是因為她身上所展現的優美、謙和與嫻雅，而是因為當她從身旁走過時，在她秀美的臉部表情中有著特別親切溫柔的神色」，佛隆斯基還發現她身上有一股被壓抑著的生氣，洋溢著過剩的青春；安娜則明顯感受到自己內心深處的衝動。接著在舞會中，邀舞的佛隆斯基，眼神流露傾慕之意，而安娜眼裡也不由自主地閃動光芒，嘴角露出幸福的微笑。尤其佛隆斯基跟隨到車站，大膽告白：「您知道，我去是因為您在哪兒我也要在哪兒。我沒有別的辦法。」安娜為此心生恐懼也感到幸福，她知

道自己是在欺騙自己，佛隆斯基的積極追求，不但不令她厭煩，反而讓她有著被重視的喜悅。表面上，安娜因為丈夫的關係，必須經常出入社交圈，實則她喜歡藝術，痛恨社交的虛偽，丈夫卻恰好相反，她想，卡列寧「只有功名心，只有升官的願望，至於高尚的思想，對於文化與宗教的愛好，這一切──只是達到升官的手段」。她意識到，自己從沒愛過卡列寧，她想：「我是邪惡的女人，我是墮落的女人，但我不喜歡說謊，不能忍受虛偽，而這種虛偽就是他的營養。」

　　原本安於賢妻良母角色的安娜發現，和卡列寧的婚姻完全沒有愛情。卡列寧有政治抱負，家庭安定就心滿意足；而她沒有愛情就沒有了一切。卡列寧並沒有錯，只是感情豐富而又具有個性的安娜，面對自己空白、貧乏的生活，再也無法忍受，無法讓自己不誠實。她不願妥協，不願像嫂嫂道麗那樣忍氣吞聲；不願像其他偷情的貴婦人一樣的荒淫無恥；更不願接受丈夫的條件，表面維持家庭的和諧，私下仍和愛人往來。她要光明正大地和心愛的對象結合在一起。既然安娜決定向社會公開宣示追求純潔愛情的權利，她在兄長的小姨吉蒂眼中，乃由令人仰慕的貴婦變成奪人所愛的情敵；在嫂嫂道麗眼中，也由善體人意的女子變成走投無路的困獸；在丈夫卡列寧眼中，則由社交的得力伙伴變成不守婦道的背叛者。

（四）矛盾與痛苦

　　安娜誠實面對自己的感受，卻不得不為此付出慘痛代價。她失去了名聲和心愛的兒子。更難以處理的是，佛隆斯基希望安娜離

婚，兩人好好生活在一起，可是礙於封建社會風氣之保守，這實在很難辦到。因為在十九世紀的俄羅斯東正教社會，提請離婚唯有一個理由，即夫婦一方有姦情，而被離的人將不准再婚，也沒有撫育小孩的權利。卡列寧如答應離婚，無疑告訴眾人，妻子有姦情，這將使其男性自尊與官場際遇大受影響；至於安娜，若是離婚，她便不准跟佛隆斯基再有合法婚姻，也將永遠失去兒子。因此，卡列寧、安娜和佛隆斯基的三角關係僵持著。這迫使安娜離開卡列寧，與佛隆斯基私奔，淪為徹底的墮落，進而被社會徹底拒斥。

無情的社會把罪惡全歸諸於安娜，佛隆斯基則毋需承擔。佛隆斯基可以為安娜放棄一切，改掉花花公子的惡習，但絕不放棄身為男人的自主，他恢復參加社交活動，安娜卻已不便參與，必須一人在家，空守孤寂。安娜失去的，佛隆斯基並沒有失去，這令她妒忌，表現出空前的自私和占有慾，活潑開朗的她變得多疑、偏執、暴躁、恐懼。於是，兩人經常為此吵架。佛隆斯基必須努力的、不停的尋求諒解；偏偏每一次乞求原諒，反而造成更多的怪罪，這愈發讓佛隆斯基想要擁有自由活動的空間與權利。

殘酷的社會現實向安娜說明，社會的偽善之網不是她一個人所能衝破的。做為情婦，安娜終於看清她和佛隆斯基兩人之間的狀況。她已不再給他任何驕傲、虛榮的感覺，雖然知道佛隆斯基愛她，但她並不滿足，她要的是佛隆斯基把一切一切全都給她，他卻因此想離開她了。安娜內心可以說充滿矛盾與痛苦，當她想要逃避這一切，終於選擇了最最激烈的抗議手段──自我毀滅。臨死之前，安娜嘆道：「一切都是虛假，一切都是謊言，一切都是欺騙，一切都是罪惡！」這是她對現實社會的控訴，其中不無自我譴責的

成分，當然也表現出作者對安娜這樣一個女性的無限同情。

（五）主題表現的局限

托爾斯泰關注社會正義，《安娜·卡列尼娜》原本是要控訴上流社會的虛偽、腐敗與墮落，想要表達對婚姻生活的無奈，俟小說完成，主題已經變成「當社會對女性如此不公平時，即使當事人已徹底寬宥饒恕並成全，仍無法免於不幸。因此，社會必得為這不幸承擔責任」。《安娜·卡列尼娜》於焉成為一部婦女問題小說。顯然，托爾斯泰透過此一鉅著之創作，本身亦擴大了關懷的視野。

可議的是，《安娜·卡列尼娜》的愛情，充滿肉欲，佛隆斯基眼中的安娜，永遠是美貌在吸引著他；即連如同托爾斯泰化身的列文，他愛吉蒂，也是除了美貌，並無更多屬於心靈的交流。是以就愛情來看，《安娜·卡列尼娜》顯得膚淺，欠缺深刻的意涵。此外，安娜勇於追求自我，然其覺醒不夠，她畢竟還是依附於男性，且由於違反社會道德，註定要受到懲罰，以悲劇收場，可見托爾斯泰對安娜的態度存在著矛盾，既有譴責又有同情，同時顯示宗教性及道德感強烈的托爾斯泰，其思想上的局限性。當然，以十九世紀之社會觀念言，婦女是男人的附庸，不可能獲得解放，也不太可能改變自己的命運。然而到了二十一世紀，即使普遍強調男女平權，實則許多所謂的現代女性，並未徹底擺脫對男性的依賴，真正的解放自我，仍舊面臨跟安娜相同的遭遇，追求自由幸福卻讓自己陷入險境，怎不令人反思？

社會批判與宗教救贖

——談托爾斯泰《復活》

（一）托爾斯泰文學不朽的碑石

俄國文豪托爾斯泰（Leo Tolstoy, 1828-1910）的作品充滿宗教精神及人道主義思想，《戰爭與和平》（1869）、《安娜·卡列尼娜》（1877）和《復活》（1899）這三部長篇小說，咸認是托爾斯泰文學不朽的碑石。其中，《復活》為托爾斯泰晚年代表作，源自一位法官朋友所說的真實故事，托爾斯泰經過考察、閱讀、訪談、分析研究之後，前後花了十年時間，數次改寫才定稿。

《復活》最值得重視的是，透過男女主角聶黑流道夫和馬斯綠娃的遭遇，控訴封建社會的不公不義、貴族官僚的迂腐可恥，以及司法的不可信賴等，充分顯示托爾斯泰對沙皇制度與統治階級的唾棄與絕裂，使他贏得「一個激烈的揭發者、憤怒的抗議者、偉大的批評家」之普遍讚譽。

（二）人性的墮落與復活

　　小說男主角——貴族出身、浮華悖德的聶黑流道夫，擔任法庭陪審員，審理一件謀財殺人案時，在法庭上見到被指控為「殺人犯」的二十六歲女子馬斯綠娃，她正是聶黑流道夫姑母家的養女兼女傭，跟當年還是大學生的他戀愛、失身，然以彼此身分懸殊，隨即遭入營服役的聶黑流道夫拋棄，並因懷孕而被聶黑流道夫姑母逐出家門，男嬰出生未久即告夭折，馬斯綠娃為了活下去，不幸墮落風塵，成了流鶯。

　　如今，聶黑流道夫充滿罪惡感，覺得馬斯綠娃的不幸都是他一手造成，自己卻完全不必受罰，他內心飽受譴責，十分懺悔，想盡辦法彌補自己過去的錯誤。馬斯綠娃的境遇，淨化了聶黑流道夫的靈魂，當他明白潛意識裡的確對自己的那種懺悔行動，抱著一種自我欣賞的態度，他真正有了精神上的轉變，開始他道德上的復活和個人的新生。於是聶黑流道夫由一個「精神之人」轉變為「獸性之人」，再重回「精神之人」了。

　　由於馬斯綠娃是被陷害的，聶黑流道夫主動替她申冤，積極四處奔走，此一冤案以證據不足為由提起上訴，卻因統治階級的腐化和司法制度的荒唐，訴願案一一被駁回，馬斯綠娃依然被判有罪，流放西伯利亞四年。這時，聶黑流道夫不顧親友及馬斯綠娃的想法，毅然決然放棄家庭、財產，跟馬斯綠娃一同去西伯利亞，甚至於為了贖罪，聶黑流道夫表示願意跟她結婚，祈求她的寬恕，然而馬斯綠娃明白拒絕了，她不想影響聶黑流道夫的前途，隨即決定嫁給另一個政治犯——西蒙生，因為她感受到，西蒙生真正愛她，不

像聶黑流道夫之為了滿足道德感的「贖罪」而娶她。最後，皇上終於赦免馬斯綠娃的苦工刑罰，改為調遣到西伯利亞附近村鎮；聶黑流道夫則坦然接納馬斯綠娃的抉擇，自己也藉由《馬太福音》，領悟到生命的真諦、新生活的啟示，靈魂深處洋溢著真正的快樂。至此，聶黑流道夫和馬斯綠娃可以說都「復活」了。

（三）貴族與貧民的對比

　　力行實踐人道主義的托爾斯泰到了晚年，貴族地主的階級身分成為他的原罪，是他亟欲擺脫的包袱，面對傳統封建社會的不公不義，他在《懺悔錄》中說：「在我身上發生的轉變，其實我早有準備，這轉變的質素存在於我自身。我發現我們富人和有學問的人這個階層裡的生活，不僅使我厭惡，而且失去了任何意義……效力於創造生活的基層人民，才是我唯一的真正事業……我背棄了我們那個階層的生活，認識到了這不是生活……。」於是他走入農村，深刻體驗農民生活，了解農民的問題與需求，進而寫下了《復活》。

　　透過《復活》男主角聶黑流道夫的眼睛，托爾斯泰首先描述貴族生活的奢華，諸如住豪宅、穿華服、買珠寶、吃美食、聽《茶花女》歌劇、參加宴會、私生活淫亂……等，令聶黑流道夫感到厭惡。他看見穿著華美的官吏，心裡不免為窮人打抱不平：「他們都有如此潔淨的襯衫和雙手，他們的鞋子怎麼都擦得這樣好看，誰為他們製造這個？不光和囚犯比較，就是比較起農夫們來，他們都是何等的舒適！」接著，聶黑流道夫帶讀者進入農民窮困的生活情境中，他問農民平常都吃些什麼？一位牙齒已經掉一半的老太婆回

答：「你問我們的飯食麼？我們的飯食十分的好。第一件是麵包和
酸麥酒；第二件呢……也是酸麥酒和麵包。」這些被剝削慣了的農
民，可以說一個比一個窮。自農村回到彼得堡，聶黑流道夫向姨母
說：「農夫們十分努力工作，但永遠吃不飽，而我們卻在這種十分
奢侈的生活裏面生活著，難道這是應當的麼？」再如馬斯綠娃的獄
友老婦說：「我年紀已經老了，監獄和求乞這兩件事總是免不了
的：不進監獄——便是去當乞丐。」以上莫不凸顯貧困農民和豪奢
貴族地主之強烈對比，增強了作品的社會批判力度。

對於貴族地主與貧農的對立，猶如托爾斯泰化身的聶黑流道
夫，嚴厲地自我審視，改變生活方式，採取實際行動來贖罪，他放
棄私有財產和一切特權，遣返僕人，離開闊綽的家，搬進平民公
寓，生活力求簡樸。托爾斯泰可以說將他晚年對社會的探索、人生
的醒悟，傾注於聶黑流道夫身上，在掙扎中尋找平衡點，洗滌自己
的靈魂。《復活》無疑是俄國貴族意識的徹底懺悔錄。

（四） 批判司法不公

《復活》書中大篇幅描述法庭審理的細節，揭露司法的種種弊
端。司法人員私生活不檢點，視賄賂為常態，問案馬虎草率，審理
品質低落，聶黑流道夫注意到，連屬於高等法院層級的「大理
院」，法官們放著顯明的要點不討論，卻糾纏在旁枝末節的問題
上，簡直本末倒置、言不及義。再者，有錢有勢有關係者，能夠聘
請到能幹厲害的律師辯護，結果可能無罪；而沒錢沒勢拉不上關係
的平民百姓，即使沒罪也會遭到判刑，當庭高喊「我沒罪」的馬斯

綠娃即為一例。聶黑流道夫在替馬斯綠娃奔走上訴的過程中發現，由於「檢察官的過分熱心和法官的大意失察」，有一百三十人因為誤會而被監禁，冤獄之多之習以為常，不禁讓聶黑流道夫感嘆：「在俄國唯一適合於老實人的地方就是牢獄。」偏偏司法人員個個推卸責任，因為「對檢察官來說——他說是總督的錯誤；對總督來說呢——這又是檢察官的錯。誰也不願認錯。」於是無辜的老百姓只能無語問蒼天了。

托爾斯泰更深入去探討司法的黑暗與不公，多次借聶黑流道夫之口道出：「法庭不但是無用的，而且是不道德的。」在監獄中，聶黑流道夫遇到一位痛罵獄官濫拘的怪老人，此人提出獨特的法律見解：「法律嗎？首先『他』把什麼人都搶了，占有世界上的一切，掠奪人類所有的權利，殺死所有反對的人；以後呢，他便造出法律來，禁止別人的搶奪。」托爾斯泰藉此大大諷刺，在號稱「法治」的時代裡，有許多如同書中被逮捕、監禁和流放的人，其實並非破壞正義或是做了不法之事，只因他們妨礙了富人和官吏的利益！這種假「正義」之名而行「不義」之實的「制度」，其中隱藏著最最粗暴的貪婪和殘忍，怎不讓人反思！

（五）皈依宗教尋求救贖

托爾斯泰的作品，道德宗教色彩一向鮮明，晚年作品《復活》這方面的表現尤其強烈。托爾斯泰透過神聖的「復活節」，對上帝提出質疑。小說中，聶黑流道夫為逞情慾，於復活節之夜，姦污了馬斯綠娃，這是人性的墮落。此後，天真的馬斯綠娃還對兩人的美

好未來存有幻想，直到聶黑流道夫離開姑母家前夕，給了她一些錢，痛苦的她這才意識到，兩人之間隔著一道不可逾越的鴻溝，他們是屬於不同世界的人。馬斯綠娃不禁對「善」和「上帝」產生懷疑。多年後重逢，馬斯綠娃已經完全不信任聶黑流道夫。他明白表示，打算要贖自己的罪，請求她的饒恕。馬斯綠娃卻很可憐的笑了一笑，說：「要贖什麼罪！一切事情都已過去了。」至此，馬斯綠娃似乎否定了上帝。

聶黑流道夫這方面，禱告著懇求上帝：「援助我，訓誨我，請您過來，住在我心裡，替我把污穢的心靈洗淨罷。」後來，聶黑流道夫看見飽受苦難的年輕政治犯克累操夫死於監獄，不禁思考：「他為何要吃這苦？他為何要活著？他現在可明白了不？」這促使聶黑流道夫焦慮地尋找人生的答案，徹夜研讀聖經《馬太福音》，包括第五章和第十八章，特別是第五章「登山訓話」的一段，令他非常感動，覺得所列的五個戒律，如「不殺人不動怒」、「不姦淫」、「不食言」、「不以眼還眼以牙還牙，要是有人打你右臉，應該再轉過左臉來給他打」、「不能恨仇敵，要愛護、幫助和伺候他們」等，可以使人類享受到最大的幸福。最後，聶黑流道夫想通了：「要把人類從可怕的惡魔那裡救出來，祇有一個辦法，即是他們時常應該在上帝之前承認自己有罪。」而生命的真諦，就在於徹底實踐上帝的命令。

關於整體性的社會結構問題，托爾斯泰一廂情願地以個人宗教道德的悔悟與實踐去面對，其實社會制度的弊端仍舊存在，並未因此獲得徹底解決。個人的悔罪與實踐宗教精神固然重要，但是跟《復活》中所控訴的不公不義相比，皈依宗教尋求救贖的結尾便顯

得軟弱無力！而且這種引經據典的宣言式風格，缺乏抒情性，難以打動人心，感染讀者。

（六）瑕不掩瑜的經典

　　《復活》拋棄了地主貴族階層的傳統觀點，改以農民的眼光重新審視各種社會現象，廣泛而深入地描繪出一幅幅十九世紀末沙俄社會的真實圖景，諸如受盡折磨的勞動者和養尊處優的貴族；草菅人命的法庭和監禁無辜百姓的牢獄；荒蕪凋敝的農村和豪華奢侈的城市；茫茫無際的西伯利亞和手銬腳鐐的政治犯。托爾斯泰以最清醒的現實主義態度，揭露當時國家社會的專制、暴虐、不公與虛偽，並予以激烈抨擊。整體而言，《復活》最主要的價值就在於時代的反映和社會的批判。

　　宗教救贖也是《復活》重要的主題，精神生活陷於苦悶的聶黑流道夫，亟欲藉由宗教，尋求心靈的慰藉。尤其於小說最後一章，大量摘引《馬太福音》經文，幫助他找到人生的答案。唯這樣的文學表現方式，直接、粗糙、簡略，說服力明顯不足。相較於《戰爭與和平》、《安娜‧卡列尼娜》，《復活》過於「大聲疾呼」，太急於「宣揚思想」，儼然是托爾斯泰人生觀、世界觀的總結，卻又充滿批判的激情，流於說教，幾乎看不見細緻清新的感覺描寫，以及生動活潑的人物刻畫，且書中的「是非善惡」過於分明，人性也簡化到只剩下好人和壞人兩種——基層民眾往往是好人，社會階層高的則是壞人。如此不免大大傷害了小說的文學性與藝術性。

　　托爾斯泰《復活》的社會批判，充分顯示了反映時代社會的文

學價值，文化語碼（Cultural Code）方面十分可觀，其宗教救贖亦揭櫫作者高尚可貴的情操，令人佩服。儘管羅曼·羅蘭於《托爾斯泰傳》提到，《復活》沒有托翁「早年作品底和諧的豐滿」，但瑕不掩瑜，《復活》依然是值得世人重視的小說經典。

探詢存在的意義

——苦讀卡夫卡《城堡》

(一) 意涵如謎

出生於奧匈帝國時代布拉格的小說家弗蘭茨·卡夫卡 (Franz Kafka, 1883-1924),其際遇跟荷蘭後期印象派大畫家梵谷 (Vincent Van Gogh, 1853-1890) 很相似,兩人生前作品都未受到矚目,直到二戰結束,傳統社會解體,人際關係疏離,人們對生命的意義不斷產生質疑,卡夫卡的小說和梵谷的畫作這才引起讀者和觀眾的共鳴,逐漸受到重視,認為真正觸碰到人類內在的心靈,直到二十一世紀,依然贏得人們的推崇與讚賞。以卡夫卡為例,其作品早已成為人生「荒謬」、「孤絕」、「痛苦」的代稱,而描寫人之本質的那種孤立的主題,深深打動讀者,對後來的作家們造成長遠的影響,無以計數之荒謬、超現實作品,都被稱為是「卡夫卡式」。甚至日本當代小說家村上春樹毫不掩飾自己對卡夫卡的偏愛與崇仰,索性將得意作品命名《海邊的卡夫卡》。

卡夫卡死後,因其猶太人身分,全集遭德國納粹政權禁止發

行，不過，卡夫卡在法國卻受到激賞。卡夫卡小說的主人翁勇於反抗世俗，「選擇成為自己」，堅持做一個對自己負責、忠於自己的真誠的人，這樣的小說表現，獲得存在主義論者大力推崇，尤其是主張「存在先於本質」，強調個人、獨立自主和主觀經驗的存在主義大師沙特的支持和廣為宣傳。卡夫卡洞察到，人類因戰爭而顯露出來的存在本質之脆弱性，以及內心對於未來的恐懼，感覺所有的一切都變成無意義的虛無，於是其作品有如預言般，受到舉世之注目，公認卡夫卡是存在主義作家，其文學更被視為存在主義文學的源頭。

卡夫卡的小說擺脫故事性，著重主題象徵，且意涵如「謎」一般，難解難懂，對任何讀者而言，都是一大挑戰。茲以其極重要的代表作——長篇小說《城堡》為例，試探析之。

（二）人生何其荒謬

《城堡》的敘事結構簡單，情節卻十分荒謬。不知從何而來的 K 應「城堡」伯爵之聘，前來擔任土地測量員，偏偏 K 始終無法進入近在眼前卻又遙不可及的城堡，也無法靠近城堡的上層長官，頂多只能接觸到處長的信差、基層官員和助理等。K 暫時留在城堡下方的村莊等候，村人對待 K 都極其冷淡。接著，城堡指示，村長是 K 的頂頭上司，但村莊並不需要土地測量員，於是安排 K 去學校當工友。K 在村中結識貴賓樓酒吧女服務生弗麗達，弗麗達曾是城堡處長克拉姆的情人，如今弗麗達成了 K 的未婚妻。為先求安定下來，K 同意擔任校工，結果受到學校教師的欺凌。K 透過信

差巴爾納巴斯一家，積極設法與城堡和處長克拉姆接觸、聯繫。詎料巴爾納巴斯家本就是村人避之唯恐不及的「問題家庭」，因其妹阿瑪利亞拒絕城堡官員蘇爾提尼求歡，從此全家遭到孤立的懲罰，生活陷入了困境。K 卻逆勢而為，與巴爾納巴斯家來往，既令村人不滿，也使弗麗達無法接受、諒解，覺得備受屈辱，乃拋棄 K，轉而跟 K 的助手葉雷密亞斯同居。終於，K 被通知晉見城堡秘書艾爾朗根，K 卻因極度疲倦，走錯房間。後來，K 見到了艾爾朗根，但這次百般期待的會面，對自己未來的工作與生活，毫無幫助，K 甚至於觸犯官員難以理解的禁忌，造成貴賓樓眾多官員的一場空前混亂。K 實在累極了，這時遇到接替弗麗達酒吧服務生工作的佩匹，佩匹提議 K 和她一起住，她打算掩護 K，讓 K 繼續在村莊待下去。

小說到此戛然而止，跟卡夫卡另外二部長篇小說《審判》和《美國》一樣，都未完成。不過，出版卡夫卡全集的好友馬克斯・布羅特於《城堡》後記提到，卡夫卡曾告訴他，小說的結局是：K 不鬆懈他的奮鬥，但後來終因精疲力盡而死；當村民圍在他的病榻，此時城堡當局傳諭，謂 K 雖然無法在村裡取得合法居留權，但考慮到其他某些情況，特准他在村中居住和工作，彷如這是莫大的恩寵。

（三）對比與諷刺

《城堡》就像一則「寓言」，指出人生極其荒謬的本質，而且充滿諷刺性。

　　K 既然應城堡之聘，來此擔任土地測量員，荒謬的是，他朝城堡的方向走去，結果沒有離城堡越來越近，卻也沒有越走越遠，總之始終進不了城堡；在 K 眼中，城堡猶如聖地，但是當他走近一點，「他對這個城堡卻感覺很失望；它不過是一個貧困的小鎮而已」，甚至從來沒看到那裡有一點生命的跡象；K 被城堡告知，永遠不可以去城堡。即連屬於城堡管轄的村莊，也不需要土地測量員，認為他是多餘的，只會妨礙到大家，則 K 之到來，根本毫無意義。身為土地測量員而無地可測量，甚至派來的兩位助手也完全不懂測量，還有比這更荒謬的嗎？

　　眼前令人氣餒和失望的環境，對 K 造成無形壓力。K 始終不明白自己犯了什麼過錯，他堅不放棄，勇敢反抗現實的諸多不合理，為一些自己所不知道的權力在戰鬥著。K 批評官員總是孤芳自賞，不屑與村民來往，認為他們遇事則多半相互躲在別人身後，所以很難發現究竟哪一個官員是實際負責什麼事；他直接批判村人：「你們這裏的人，生來就怕執政當局，在你們一生中，又有人用各種各樣的方法，從各方面來使你們害怕，你們自己也儘可能地加強這種懼怕的心理。」諷刺的是，K 盡全力向前走，卻不知道去那裡？K 讓村民覺得他這人「莫名其妙」、「不可理喻」，無知得可怕。客棧女店主嘉爾德娜就認為，K 誤解每一件事，而且他若非呆子，即是危險份子。總之，人人因此更加討厭他，包括原本跟 K 有了肌膚之親的未婚妻弗麗達。

　　當然，《城堡》後記所補充的結局，等到城堡同意 K 留在村中居住和工作，K 已精疲力盡而死，這呼應信差巴爾納巴斯的姊姊奧爾嘉所言，考試求職的人，等了好幾年，也許頭髮都白了，才知

道自己沒有考取，一切都成泡影，白活了一輩子；又，應考人獲得任命的手續無限地延長，永遠也辦不完，直到死去才會中止。城堡其實拒絕了 K，然而 K 似乎仍舊非常「尊敬」城堡，怎不諷刺？這豈不是人的卑微、無奈與悲哀嗎？

此外，卡夫卡《城堡》還刻意安排許多荒謬的情節，諸如村莊凡事要以城堡頒下的文件當作依據，於是辦公室永遠有一大堆待辦的公文，公文堆滿村長的半個房間，還將大部分文件存放到倉庫去，K 諷刺曰：「這種可笑的雜亂，會決定一個人的生存。」既然強調檔案文件的重要性，可笑的是，記錄者竟為當時根本不在場的人，而克拉姆處長的駐村秘書莫穆斯回答 K，事實上，克拉姆根本一個紀錄也不看。又，村長說，檢查機構的任務不是去追查所謂的「錯誤」，他告訴 K：「因為不可能有錯誤，就算偶然有錯誤，例如像您這件事，誰又能肯定地說，這確實是個錯誤呢？」

、 總之，《城堡》充斥著難以理解的、突兀的對比，凸顯人生的荒謬，以及事實與想像無法跨越的距離，充滿「存在／否定」、「理性／非理性」、「接受／拒絕」、「現實／超現實」、「真／假」、「對／錯」的象徵意義，在在令人深思。

（四）思索存在的真諦

卡夫卡個性內向，甚至於悲觀厭世，否定存在，否定一切，否定自己，此反映在作品上，可以說充滿了恐懼和絕望，諸如《城堡》這樣的作品，正好切合現代人對現實的不滿、精神生活的苦悶，以及未來將何去何從的焦慮、不確定感。卡夫卡《城堡》藉由

土地測量員 K 短短幾天的遭遇，呈現社會階級的森嚴，權貴高高在上，使人可望而不可及，加以官僚機構層層疊疊，猶如迷宮一般，顯得強大而又難以捉摸，讓人身陷其中，找不到出口，尤感無力與徒勞。

　　綜觀之，卡夫卡《城堡》以樸素平易得有些單調的獨特文體，揭示了現實的荒誕、非理性和自我存在的徒然、無望、痛苦與孤獨，唯故事性低，讀來毫無趣味可言，卻又造成讀者內心巨大的衝擊，被其穿透現實人生的深度所強烈吸引，不禁藉此探詢存在的意義，冷靜思索自己的過去、現在與未來。

頑皮少年的蛻變與成長

──談西瑪·拉格洛芙《尼爾斯的奇遇》

（一）諾貝爾獎唯一童話

　　童話的寫作特色是想像豐富、淺顯有趣，其閱讀對象為孩子們，不過童話的主題內涵和表現形式的結合如果達到藝術的高度，非但不讓人覺得「幼稚」，也能夠吸引成年讀者，百看不厭，此之謂「老少咸宜」；瑞典女作家西瑪·拉格洛芙（Selma Lagerlof, 1858-1940）的童話《尼爾斯的奇遇》（或譯為《騎鵝歷險記》）就是這樣的傑作。在瑞典，上至國王、總理，下至平民百姓，幾乎每一個人都閱讀過這本童話，受到這個故事的潛移默化。而二十元瑞幣肖像即為西瑪·拉格洛芙，背面則是《尼爾斯的奇遇》主角騎鵝飛行的插圖，足見她在瑞典的崇高聲望。

　　終身未婚，曾是小學教師的拉格洛芙，採納休斯克威爾納的小學校長阿爾弗雷特·達林的建議，以環遊瑞典一周的方式，將瑞典的歷史、地理、風土人情、動植物等介紹給瑞典學童。她花費了無數心血來蒐集資料，親自從事田野調查，終於在一九〇七年完成此

書，沒想到這部童話竟使她名利雙收，為她贏得了與丹麥童話作家安徒生齊名的美譽，更於一九〇九年榮獲諾貝爾文學獎。《尼爾斯的奇遇》是目前為止唯一獲得諾貝爾文學獎的童話作品，拉格洛芙亦為諾貝爾文學獎的第一個女作家。

（二）漫遊瑞典八個月

　　《尼爾斯的奇遇》的主角是十四歲的農村少年尼爾斯，生性調皮搗蛋，不愛讀書，又喜歡作弄小動物，讓人頭痛、討厭。某日，父母上教堂，尼爾斯被留在家裡看書，百般無聊的尼爾斯遇見傳說中的小妖精「托姆第」，淘氣的尼爾斯當然不放過捉弄托姆第的機會，結果反被托姆第施了魔法，變成拇指般大的的小人兒。時值春天，家中的公鵝摩田被天上的雁群所吸引，也想振翅跟隨大雁飛行，尼爾斯為了不讓公鵝飛走，緊緊抱住鵝的脖子，不料卻被摩田帶上了天空。尼爾斯因為自己成了異類而羞於見人，處在有家歸不得的困境，他本來很害怕，但在空中翱翔之後，慢慢放寬了心，他騎在鵝背上，跟著雁群從南方一直飛到最北的拉普蘭省，遊遍瑞典全境。在動物的世界中，尼爾斯經歷種種的苦難與風險，和白鵝摩田以及雁群結成好友，從旅伴和其他動物身上學習到助人的美德，還了解許多祖國的地理歷史和故事傳說。尼爾斯逐漸改正自己淘氣的缺點，成了見義勇為、富同情心的好孩子。八個月後的「聖馬丁節」前夕（十一月十一日是聖馬丁節，依瑞典當地風俗，此節日前夕會吃鵝肉慶祝），尼爾斯與白鵝摩田返回家鄉，當摩田和妻兒被抓，危在旦夕，尼爾斯奮不顧身，出面救助，因此破除魔法，恢復為正常人。

（三）自我實現的童話英雄

教學經驗豐富的拉格洛芙，充分掌握兒童心理，選擇孩童易於接受的體裁，《尼爾斯的奇遇》書中，她安排尼爾斯離家的情節，滿足兒童心中對於流浪的想望；也讓變小了的尼爾斯，生活在動物世界裏，擁有與鳥獸溝通的能力，滿足兒童親近動物的渴望；而且又能體驗飛行的感受，對小讀者而言，這該是多麼強烈的吸引！不過，頑皮少年尼爾斯的蛻變與成長，才是《尼爾斯的奇遇》最重要的主題，由尼爾斯的啟程、啟蒙與回歸，可視為「成長儀式」的放大，蛻變與成長的尼爾斯乃是追求「自我實現」的童話英雄。

漫遊瑞典的過程中，被小妖精托姆第懲罰而變成小人兒的尼爾斯，深切反省自己先前的頑劣、殘暴，整個人脫胎換骨，他搭救白鵝摩田，彼此成為生命共同體；冒死救回被狐狸咬走的雁，主動負責警戒，使雁群避免貂或水獺的夜襲，贏得雁群的信任；他守護羊群，運用智慧擊退狐狸；親為孤苦無依的老婦人守靈；救了野鴨「耶爾」一命；幫助看鵝的孩子奧薩找到失散多年的父親……，這種種英雄事蹟使小妖精托姆第也知悉尼爾斯變好了，希望他能變回常人。

法國結構主義學者羅蘭·巴爾特（Roland Barthes）認為，象徵意義的產生，往往來自「區別」或「二元對立」，小說裡的「對立」，會逐漸發展成為龐大的對立模式，籠罩整篇作品，並左右其意義。《尼爾斯的奇遇》的主角由大變小再由小變大，以及從淘氣頑劣變成乖巧善良，前後的對立可以說深具象徵意義，應驗了「放下屠刀，立地成佛」、「善有善報，惡有惡報」的道理，這對小讀

者的心靈必然有所啟發，對成年讀者的心靈也具有一定的洗滌作用。

（四）文化語碼豐富

就文學結構主義言，所謂格言、典故，乃至構成人類生活的種種現實，都屬於文化語碼（Cultural Code）的範疇。《尼爾斯的奇遇》的一些人生格言，如尼爾斯於〈兩個城市〉說：「任何事情還是順其自然吧！雖然我盡我的力量去拯救那個城市，可是事情既然是如此發展，我也就不再遺憾了！」〈看鵝的奧薩和瑪志〉這一章，民間傳說中生病的母親對孩子說：「人都免不了死亡，但要死得坦然，或死得不安，就靠你自己的選擇了。」〈巖礁上的寶物〉裏，尼爾斯迎著柔和的夕陽餘暉，覺得太陽這樣對他說：「用不著悲觀愁苦，只要按著自己的意欲，就能自由地走出一條路，這不是很美好嗎？」〈預言〉的聰明婦人說：「那些國王、僧侶、將軍、商人，以及建築物，都是不可能永久長存的。……只有珍惜鄉土的農夫們是永遠不會消失的。」諸如此類的哲理，莫不令人深省、感悟。

《尼爾斯的奇遇》既為有計劃寫給瑞典學童的書，其文化語碼自是十分豐富，拉格洛芙在書中穿插了大量的神話傳說與民間故事，如常在半夜趁人熟睡時，替人收拾房間或是惡作劇的小妖精「托姆第」；在黑夜活動的青銅人與木頭人，隨太陽升起而消失無蹤；夢幻般的海底城市；遠古的大蝴蝶化為奧蘭島……等，有的是為了向讀者敘述歷史事實，有的是為了講述地形地貌，有的是為了

介紹動植物的生活和生長規律,有的是為了讚揚扶助弱者的優良品德,這些插敘固然充實了作品的內容,卻也不可避免使得小說的整體架構略嫌鬆散,畢竟其中的神話傳說與民間故事,即使刪去部分亦絲毫不影響全書。拉格洛芙如果稍微放鬆寫作「輔助教材」的心態,刪除過於冗長的章節,作品的整體表現必定更臻理想。

(五)深具教育意義與文學價值

拉格洛芙榮獲諾貝爾文學獎時,其得獎評語為:「由於她作品中特有之高貴的理想主義、豐饒的想像力、平易而優美的風格。」多年後證明,瑞典學院當年頒獎給本國作家西瑪·拉格洛芙是十分正確的選擇。

《尼爾斯的奇遇》深具教育意義,使少年兒童的心靈變得更純潔更善良,更富有同情和憐憫,集知識性、趣味性和思想性為一體,成為二十世紀最有影響力的、老少皆宜的童話之一。一九九四年諾貝爾文學獎頒獎典禮上,大江健三郎談及兒時閱讀《尼爾斯的奇遇》,他說,半個世紀之前,身為森林裡的孩子,在閱讀尼爾斯的故事時,從中感受到了兩個預言:一個是不久後自己能夠聽懂鳥類的語言,另一個是自己也將與親愛的野鵝結伴而行,從空中飛往遙遠而又令人神往的斯堪地那維亞半島。由此當不難看出《尼爾斯的奇遇》的文學價值。

耽美的致命悲劇

──談托瑪斯·曼〈魂斷威尼斯〉

（一）認真思索生與死

托瑪斯·曼（Thomas Mann, 1865-1955）是二十世紀德國的偉大作家，其一生當中，發表的論文、演講、小說、散文，數量可觀；所獲得的榮譽勳章、學位，不計其數。第一次世界大戰之後，由於法西斯主義猖獗，加上希特勒掌權，德國的「抵抗文學」應運而生，托瑪斯·曼與其兄「海因利希」皆為此中代表，為了對抗強權，托瑪斯·曼流亡瑞士、美國等地，甚至被希特勒開除德國國籍。

由於十六歲時，出身上流社會的父親遽然去世，家道自此中落，托瑪斯·曼因而對死亡有了更深切的體認，他藉著閱讀尼采、叔本華的哲學思想來尋求解答，這些體認，均成為他日後創作的動機，托瑪斯·曼作品及思想的一大特點，便是藝術與現實人生的對立。托瑪斯·曼的創作態度，嚴謹冷靜，描景寫情亦細膩優美、詩意盎然。一九二四年，發表以描寫年輕人內心發展為中心的教育小說《魔山》，富於哲理的深蘊，認真思索生與死、健康與疾病、肉

體與精神、空間與時間等一系列問題，而且寓予西方世界精神寫照的象徵意義，確立其文學大師的地位。一九二九年，他以影射自己家族由盛而衰的故事——《布登勃魯克家族》（一九○一年出版）一書，獲頒諾貝爾文學獎，肯定了他的文學成就。托瑪斯·曼之著作、思想，對德國甚至全世界，均可謂影響深遠。不過，一九一二年發表的中篇小說〈魂斷威尼斯〉，曾由義大利名導演維斯康堤改編拍攝成電影，風靡萬千影迷，則是托瑪斯·曼最廣為人知的作品。

（二）美的迷戀

〈魂斷威尼斯〉的主人翁——大作家奧森巴哈，居住慕尼黑，妻過世，女兒已長大出閣。奧森巴哈作品受到肯定，被編入教科書，並於五十歲時受封為貴族。他身體天生瘦小孱弱，但自律甚嚴，喜歡寫作，也喜歡每天以堅強的毅力與深刻的榮譽感來對抗與日俱增的倦怠感，絕不容許有絲毫的猶豫或鬆懈表現於作品。直到他為解除緊張工作後的疲勞，突然渴望休息，將自己從對一切高度敏感、工作狂的藝術家角色中釋放出來，完全地放鬆自己，於是他獨自來到美麗城市的象徵——水都威尼斯休養，在酒店大廳遇見來自波蘭的十四歲美少年「達秋」，驚為天人，頓時忘了自我，作者如此描寫，「少年的柔軟捲髮如蜂蜜般金黃，襯托出蒼白、優雅、無懈可擊的臉龐，挺直的鼻子，柔和的嘴，莊嚴如天使般完美的表情，令人想到最高貴的希臘時代雕像，他的輪廓雖如此古典，卻又散發出一種獨特的個人魅力。奧森巴哈不記得在任何博物館看過比

這少年更美的藝術傑作」。

　　作家奧森巴哈不覺心神俱奪，以少年達秋為「美」的絕對象徵形象，全然地耽溺迷戀。其間由於氣候不佳，加上健康方面的顧慮，奧森巴哈左右為難，終於選擇離開，未料行李誤寄，他只好再度回到飯店，內心卻十分高興，因為這樣一來更可盡情欣賞著達秋。關於奧森巴哈對於美少年的「極度」迷戀，托瑪斯·曼著墨甚多，幾乎可用「不厭其煩」、「鍥而不捨」來形容。其中，最令人印象深刻的描寫，是形容美少年達秋的笑容，可比「納西斯」對著池中自己的倒影所流露的微笑，深刻、充滿魅力而意味深長。此「納西斯」（Narcissus）是希臘神話裡的美少年，他拒絕女神的追求，因為納西斯愛戀自己在水中的倒影，最後他為了擁抱自己的形象，溺水而死，就在他死後的湖邊，生出了一叢紫蕊白瓣的水仙花。如此已暗示著，作家奧森巴哈將因耽美而付出死亡的代價。

　　果然，奧森巴哈盲目地追隨著美少年的身影，卻不敢觸碰，只是遠遠地欣賞，彼此沒有交談，僅有偶爾「心照不宣」的目光相接，奧森巴哈心中完全沒有不潔的慾望，而且樂在其中，此時，道德倫理對他而言似乎變得輕如鴻毛。奧森巴哈引用蘇格拉底的看法來支持自己的行動，「愛人者比被愛者更近於神，因為神就是化身在愛人者身上，絕不是在被愛者身上；這是所有哲思中，最溫柔也最具嘲諷的安排，而人的欲念中最機巧、最秘密的歡愉滿足便是由此產生」。當奧森巴哈探知威尼斯霍亂疫症橫行的真相，卻不予理會。當知情的外國遊客紛紛離去，威尼斯幾乎成為一座廢城，奧森巴哈夢見了恐怖的「死之輪舞」，成為熱情的俘虜，他反其道而行，自恥於老態龍鍾，覺得與年輕人相處時渾身不自在，於是悉心

打扮自己，以期回歸青春。

追隨美少年的過程中，奧森巴哈染病而不自知。幾天之後，奧森巴哈知悉達秋一家將於午後離去，他坐在海邊繼續貪戀著美少年的影像，認為美少年是重生的神、美的化身，跟往常一樣，奧森巴哈想起身尾隨，未料自己已病入膏肓，突然不支倒地，就此默默死去。

（三）藝術與現實的對立象徵

撇開引起爭議的同性戀話題，關於「藝術與現實」或「理性與感性」的對立象徵，乃是〈魂斷威尼斯〉最值得探析的主題。古希臘哲學家柏拉圖是一個理性主義者，他認為，世界只是幻象，藝術則在模仿這幻象，如此，藝術豈非讓人更加遠離真實！柏拉圖主張，感情對社會有害，而藝術重感情輕理性，因此藝術不應該被鼓勵。但另一個古希臘哲學家亞里士多德，他肯定藝術在人類知識中的地位，其藝術理論重點，在於如何分辨藝術品的好壞。他建立一套四層架構理論，從媒體、形式、表達方法和最終目的去分析藝術，這可以說是所有現代藝術評論的原型。亞里士多德認為，藝術（或「美」）能帶給觀眾享受和經驗，通過藝術，觀眾可以吸收到感性上的知識。如今，現代人大約不太會同意柏拉圖的觀念，大家普遍肯定藝術的價值，沒有人會再對藝術之追求，持反對的態度。一般的想法是，藝術可以陶冶性情、提升個人修養，人生要追求的目標是真、善、美，而美的追求，唯有通過藝術來實現。套用宗教上的說法，通過藝術，我們才感受得到那份不可言說之美。

　　〈魂斷威尼斯〉主人翁奧森巴哈，在寫作上成就斐然、聲譽卓著，卻因迷戀美少年而走向致命的悲劇，讓人尋思的是，所謂「純粹的愛」與「對藝術的渴望」，固然可以超然於年齡或性別，但純粹、極度的精神之悅樂，能否容於現實，取得平衡？這種源於浪漫主義的對立人生觀，一直存在於托瑪斯·曼的思想中，並且藉由〈魂斷威尼斯〉呈現出來。托瑪斯·曼似乎在暗示，唯美主義的陶醉與狂熱，其實蘊含著極大的危機。在美的面前，人是難以把持與平衡的，肉體與精神並不容易和諧恰度；快感會令人縱慾無度，如同奧森巴哈之迷戀美少年達秋而無法自拔，認為最終能夠得見美的本體，雖死而無悔；節制和理性則令人通向至善和真知。前者容易，後者卻難。換言之，藝術與現實、理性與感性，對立之間如何取得平衡而不至於走火入魔，托瑪斯·曼於〈魂斷威尼斯〉所提出的哲學命題，在在化為內在的深思。

　　〈魂斷威尼斯〉之中，大作家窮其一生，追求和諧與靈性，鄙視官能，奉智慧、真理與尊嚴三位一體為圭臬，而藝術家則是平衡與力量的模範。奧森巴哈堅信美不會獨立於知性、智慧與尊嚴而存在，臨近暮年，他卻無法自拔地傾倒於純粹的感官之美，美少年達秋正象徵著已經錯過了的青春、失落的純潔，與不曾擁有的率性——一切他所缺乏的。這無疑是對幻影的迷戀，也是納西斯式的顧影自憐。然而，越要追回青春越是明白自己的無能為力，是以最終支撐不住而倒地不起，對大作家奧森巴哈來說，毋寧是另一種解脫吧？〈魂斷威尼斯〉的愛與執迷，其象徵意義的確耐人尋味。

莫大的人生嘲諷

——苦攀托馬斯·曼《魔山》

（一）德國文學特有的沉鬱

　　《魔山》（原名：*Der Zauberberg*），是德國作家托馬斯·曼（Thomas Mann, 1865-1955）的經典名著，於一九二四年發表。此書是以描寫年輕人漢斯·卡斯托普內心發展為中心的教育小說，確立托馬斯·曼文學大師的崇高地位。

　　所謂「教育小說」，指小說主角遊歷天下，體驗世界，備受薰陶而得以啟發了悟，成為社會的理想成員。《魔山》的主人翁「漢斯·卡斯托普」是年輕的德國大學畢業生，剛通過考試，在進入威恩斯公司擔任工程師之前，由漢堡來到阿爾卑斯山達屋斯山莊一間國際肺結核療養院，探訪住院的表兄姚爾欣。漢斯·卡斯托普原只打算逗留三週，未料當地醫生診斷出他罹患肺結核，必須住院治療，結果一住就是七年。療養期間，喜歡哲學思考的漢斯遇到院中來自歐洲各國的病友，他們代表不同的種族、文化傳統、宗教信仰和政治立場，其中漢斯最主要的談話暨學習對象是，主張一元論的

義大利自由派人文主義者——塞特布里尼，和主張二元論的恐怖主義者——猶太人納卜達，二人都積極爭取當漢斯的心靈導師，不斷地長篇論辯「生與死」、「健康與疾病」、「肉體與精神」、「空間與時間」、「宗教與科學」、「上帝與魔鬼」、「科技與道德」、「自由與民主」……等一系列問題，針鋒相對，互不相讓，使得漢斯左右為難，一再陷入思考，卻覺得在思想上收穫良多；漢斯擁護他們，但也不完全贊同他們。

《魔山》的繁複思辯，以及它那犀利的文化解構，加上嚴厲的社會批判，在在顯示德國文學特有的冷靜與沉鬱。

（二）生死兩茫茫

漢斯·卡斯托普愛上嫵媚的喬嘉德夫人，狂歡節晚上，他跪在她面前，向她告白，傾吐愛意，可是她未接受漢斯，不久就下山了。表兄姚爾欣對治療已感厭煩，執意下山從軍，九個月後，再度因病復發，被母親送返魔山，惜治療罔效而過世，漢斯傷心不已。當日思夜夢的喬嘉德夫人再度回到療養院，她卻已是荷蘭富商皮柏空的親密愛人，漢斯妒火中燒，向皮柏空表明自己的感受，然無可奈何。接著，罹患黃熱病的皮柏空，病情一再發作，主張享樂主義的皮柏空乃自殺而亡，喬嘉德夫人隨即離開魔山，漢斯的愛情依然落空。

為了爭奪漢斯的導師地位，塞特布里尼和納卜達之間的言詞爭辯越演越烈，當納卜達直言批判主張人性尊嚴的塞特布里尼是陳腐的古典主義餘孽，終於引爆雙方激烈衝突，竟要以手槍「決鬥」來

解決爭端。憂心忡忡的漢斯居中講和，依然無效。決鬥時，塞特布里尼故意把槍口朝向天空，納卜達則舉槍射擊自己的頭部，當場死亡。失去論辯的對手，孤單的塞特布里尼從此失去元氣，漢斯也活得漫不經心了。在魔山待了七年，漢斯病癒下山，在愛國精神的感召下，參加第一次世界大戰，只是不論生或死，漢斯的前途遠景一片渺茫。

（三）詬病與稱揚

托馬斯·曼於「《魔山》成書記」提到，一九一二年，其妻卡塔林娜因肺部染疾，在瑞士達屋斯肺病療養院治療，他前往探病，醫生意外發現托馬斯·曼肺部也有斑點，力勸托馬斯·曼留院觀察，但被托馬斯·曼所拒絕。下山後，他計劃將這三星期的經驗與觀察，寫成具有教育和政治意圖的中篇小說，試著通過對話、象徵、幻想、夢境、辯論、獨白、哲學討論等方式，將西方世界精神生活的碎片組合起來，想不到一寫下來，竟變成一部超過五十萬字的長篇巨著。

小說或藝術品的創作目的，首在給人樂趣，若能引起共鳴、帶來感動，更是創作者所求之不得的。綜觀《魔山》一書，動作語碼貧弱，沒有引人入勝的故事情節，最被詬病的則是「百科全書」式的內容，充斥長篇累牘的神學、醫學、病理學、生物學、天文學、氣象學、超心理學（顯靈、精神感應）、音樂、文學……等，特別是共濟會員塞特布里尼和耶穌會士納卜達二人之間哲學性的「空談」、辯論，相當晦澀艱深，實在很難吸引讀者，遑論閱讀的樂

趣。不過，稱揚的人認為，《魔山》賦予這些知識一個統一的美的形式。托馬斯·曼對此亦頗有自信，一九三九年，流亡美國的托馬斯·曼在普林斯頓大學專題講演時，針對《魔山》就有以下的說明：「這部小說對我來說是一部交響樂⋯⋯誰第一遍讀完《魔山》，我就奉勸他再讀第二遍，它那特殊的吸引力和風格，使讀者在瀏覽第二遍時感到更大的興趣和滿足。」

（四）內涵語碼深刻

以文學結構主義觀之，《魔山》最有價值的，毫無疑問是在內涵語碼方面，特別是關於「空間與時間」、「生與死」和「健康與疾病」。山中的療養院，與世隔絕，日復一日的單調生活使得「時間」似乎失去了意義，漢斯·卡斯托普發現，時間不只是「由一序列無向度的點構成的線」、「在空間中的運動」、「永恆與無限」，而且「習慣是一種沉睡，時間感的疲乏；這說明為什麼年輕的歲月過得緩慢，而暮年之路愈走愈快。我們領悟了，置入變遷與新奇的片段可振奮時間感，並以此更新生命知覺」。此外，在療養院最常討論和看到的是「疾病與死亡」，漢斯認為，疾病「使人精純聰明而又不尋常」；面對死亡，塞特布里尼告訴漢斯，「唯一宗教態度是視之為生命的主要部分；抱著了解與情感，將之當作不可違反的生命條件」，漢斯的看法則是「葬禮非常能陶冶人；有人若是覺得須要提升，我總認為他應該參加葬禮，不是上教堂」。總之，漢斯經歷的疾病和接觸到的死亡，遠遠超乎他的想像，大大發揮了教育功能，使他克服對死亡的恐懼，有了人性的了解，亦即在

理性方面並不忽視死亡，也不鄙夷生命中黑暗、神秘的一面，反將之納入考慮，而又不讓其控制心智。漢斯終於了解，欲達更高的清醒與健康，人必得親歷疾病與死亡的深刻經驗；同樣的，人須有「罪」的意識，方能尋得救贖。諸如此類的內涵語碼，令人咀嚼、深思，也使《魔山》真正成為重量級的小說經典。

雖然漢斯‧卡斯托普在魔山獲得了「啟蒙」，可是他痊癒下山，旋即投入不知為何而戰的烽火之中，則先前思想上的啟蒙又有何意義？如此豈非莫大的人生嘲諷！

古典音樂的文學饗宴
——欣賞羅曼·羅蘭《約翰·克利斯朵夫》

（一）思想和藝術的精萃

　　《約翰·克利斯朵夫》作者羅曼·羅蘭（1866-1944），是法國著名小說家、劇作家、評論家和藝術史教授，他於一九〇四年至一九一二年間，完成百萬字的《約翰·克利斯朵夫》，這部長篇小說堪稱羅曼·羅蘭一生思想和藝術的精萃，不但使他一舉成名，也獲得了一九一五年度諾貝爾文學獎，評語為：「文學作品中的高尚理想和他在描繪各種不同類型人物時所具有的同情和對真理的熱愛。」《約翰·克利斯朵夫》無疑確立了羅曼·羅蘭世界文壇的宗師地位。

　　這部規模龐大的小說，共計十卷，敘述天才作曲家約翰·克利斯朵夫的一生，宣揚人道主義和英雄主義，描寫主角奮鬥的一生，從兒時音樂才能的覺醒，至青年時代對權貴的蔑視和反抗，再到成年後在事業上的追求與成功，最後達到精神寧靜的崇高境界。小說圍繞著克利斯朵夫的一生，作者以波瀾壯闊、大膽鋒利的筆觸，描

繪個人與社會、理想與現實的尖銳衝突，揭示了具有人文主義理想
的知識分子艱難成長的歷程。

（二）天才音樂家的一生

　　約翰·克利斯朵夫出生於德國萊茵河畔的一座小城，祖父曾任
王府樂隊指揮，父親未能承繼其位，只勉強保住宮廷提琴師一職，
於是經常酗酒，以至家道中落。克利斯朵夫自小受祖父喜愛，常聽
祖父講述古代英雄故事，使他從小就萌發成為大人物的想法。祖父
送他舊鋼琴，帶他到劇場欣賞歌劇，引起他的興趣，不由自主地愛
上音樂，把一生都奉獻給這個凝聚自己所有喜怒哀樂的藝術。十一
歲，克利斯朵夫開始彈琴作曲，贏得「莫札特再世」的美譽，被任
命為宮廷音樂聯合會的第二小提琴手，跟管風琴師學習和聲及多種
樂器，拿演出的收入來貼補家用。接著，克利斯朵夫邊接受音樂教
育，邊參加樂隊演奏，且升任第一小提琴手。他有一個崇高的信念
——將來要寫出偉大的作品！

　　長大後，克利斯朵夫結識博學多聞的青年奧多，成為知交。克
利斯朵夫其貌不揚，一輩子遭愛情所折磨。他愛上了彌娜，卻因門
不當戶不對，遭女方的母親拒絕。愛情受挫，父親又醉死在溝裡，
兩個弟弟都外出謀生，剩下他與母親相依為命。房東的外孫女洛莎
迷戀他，可是他愛上開針線舖的年輕寡婦薩皮納。未料，薩皮納患
流行性感冒去世了，克利斯朵夫悲痛之餘，又和帽店女職員阿達相
愛，隨即被這水性楊花的女人所拋棄。感情這條路走來坎坷，使他
意志消沉。直到舅舅的警醒，他這才突破情慾之網，重新打起精

神，埋首音樂創作。可是他因新作未受到歡迎，憤而遠走他鄉。臨行前，參加農莊舞會，一個姑娘不願和醉酒的軍官跳舞而遭毆打，他打抱不平，失手打死了軍官，逃往巴黎避難。

到了巴黎，克利斯朵夫一方面要找工作糊口，另一方面又不肯褻瀆音樂藝術，只得過著艱辛的生活。後來，他為肉店老闆女兒葛拉賽、汽車製造商女兒史丹芬以及她年紀未滿十四歲的表妹葛拉齊亞教授鋼琴。至於參加巴黎藝文界的活動，也不盡如意；幸好葛拉齊亞深切關注克利斯朵夫，她一直為自己的無能為力而感到傷心。

克利斯朵夫與朋友奧里維合租公寓，奧里維欽佩他的音樂天才和充沛精力，他亦欣賞奧里維的智慧清明、謙和仁愛，他們都熱愛自由。此時，克利斯朵夫的作品獲得空前成功，大家公認他是難得一見的音樂天才，這使他的生活出現轉機。但克利斯朵夫發現，自己和奧里維都愛上了工程師的女兒雅葛麗納，於是他主動退出，成全他們的婚約。未料雅葛麗納生育後，婚姻亮起紅燈，她竟愛上一個巴黎作家，拋下丈夫和孩子私奔了。至於克利斯朵夫，與女明星法朗梭阿士·烏東有過一段短暫的愛戀，然因法朗梭阿士去美國表演而劃上休止符。此後，為了作品的出版，克利斯朵夫跟出版商反目成仇，使他陷入困境。幸而奧國大使館邀他前去演奏，原來當年崇拜他、曾是他學生的葛拉齊亞，成為奧國伯爵夫人，暗中保護他，使他又一次得以脫困。

五一勞動節那天，他和好友奧里維參加遊行，奧里維為救一個擠倒的孩子被人群踏在腳下，克利斯朵夫奮不顧身，混戰中刺死一名施暴的警察，不得不逃往瑞士。心情平息後，克利斯朵夫竟和醫生的妻子發生婚外情，他無法原諒自己不道德的行為，就隱遁到小

村，卻在此偶遇喪夫的葛拉齊亞，倆人遂沉浸在重逢的喜悅裏，雖然葛拉齊亞的兒子阻止他們結合，他們仍在心心相印中獲得了滿足。

十年過去了，克利斯朵夫重新思索人生，把上帝當作心靈的寄託和理想的歸宿。這時，他的作品在歐洲各地演出，極受歡迎，而他在德國殺死軍官的舊案已經撤銷，於法國打死警察的事也被人遺忘了，但克利斯朵夫避免在巴黎觸景傷情，自願留在瑞士。終於，在葛拉齊亞支持下，他接受邀請，赴巴黎指揮音樂會，引起極大轟動，連過去反對他的人也開始讚美他了。晚年的克利斯朵夫，譽滿歐洲，繼續創作，唯作品已不像早年那樣意氣風發，奔放激盪，而是追求著和諧恬靜的境界。心愛的葛拉齊亞去世後，克里斯朵夫閉戶不出，彌留之際，欣於自己曾經痛苦，曾經流浪，曾經創造，也將為新的戰鬥而再生！

（三）鑽石般的文化語碼

羅曼‧羅蘭的文學生涯，由從事古今音樂的批評與鑑賞開始。進入二十世紀，他連續寫下三部心目中的「英雄」傳記，即《貝多芬傳》（一九〇三年）、《米開朗基羅傳》（一九〇六年）、《托爾斯泰傳》（一九一一年），由此可知羅曼‧羅蘭於音樂、藝術、文學方面深厚的素養。當然，《約翰‧克利斯朵夫》寫的是音樂家的一生，除了故事情節外，這部超級長篇小說中，關於音樂的描述與批評，誠為文學結構主義十分精采的「文化語碼」（Cultural Code），猶如鑽石，閃閃發亮，令人驚豔不已，百看而不厭。

　　首先，羅曼‧羅蘭化身為作曲家約翰‧克利斯朵夫，歌頌音樂的偉大：「音樂，你撫慰了我痛苦的靈魂；音樂，你恢復了我的平靜、堅定、歡樂──恢復了我的愛，恢復了我的財富……我從你眼裏看到了不可思議的光明，從你緘默的嘴裏看到了笑容；我蹲在你的心頭聽著永恆的生命跳動。」總之，音樂為人帶來無窮的幸福。又，音樂是最抽象的藝術，因此極難以文字來描述，羅曼‧羅蘭則運用譬喻手法，巧妙地透過具象的事物來形容音樂，幫助讀者想像音樂之美，如聽見黑夜裏傳來聖‧馬丁寺的鐘聲，寫道：「那嚴肅緩慢的聲調，在下雨天潮濕的空氣中進行，有如在蘚苔上的腳步。」面臨波濤洶湧的萊茵河，那連續不斷的水聲，急促的節奏又輕快又熱烈的往前衝刺，而「多少音樂又跟著那些節奏冒上來，像葡萄藤沿著樹幹扶搖直上：其中有鋼琴上清脆的和音，有淒涼哀怨的提琴，也有纏綿婉轉的長笛……」；再者，歌劇女演員奧弗麗輕快的南方口音，「活潑鬆動的節奏，好比茴香草與野薄荷的香味在空中繚繞……她帶來了金黃色的太陽和法國南部的季節風」，這樣的譬喻，多麼生動！多麼迷人！

　　特別是以水和火的強烈對比，形容莫札特和貝多芬，堪稱一絕，謂「莫札特屬於水的一類：他的作品是河畔的一片草原，在江上飄浮的一層透明的薄霧，一場春天的細雨，或是一道五彩的虹。貝多芬就是火：有時像一個洪爐，烈燄飛騰，濃煙繚繞；有時像一個著火的森林，罩著濃厚的烏雲，四面八方射出驚心動魄的霹靂，有時滿天閃著毫光，在九月的良夜亮起一顆明星，緩緩的流過，緩緩的隱滅了，令人看著心中顫動」，意象豐富極了，任何人讀之，心湖必然引起陣陣感動的漣漪。

　　此外，愛之深責之切，來自法國的羅曼·羅蘭，筆下的約翰·克利斯朵夫以繪畫來描述法國新派音樂，覺得這些作品永遠沉浸在半明半暗的黑影裏，「好像一幅灰灰的單色畫，線條忽隱忽現，飄忽無定。在這些線條中間，有的是僵硬、板滯，枯索無味的素描，像用三角板畫成的，結果都成為尖銳的角度，好比一個瘦婦人的肘子；也有些波浪式的素描，像雪茄的烟圈一般裊裊迴旋。但一切都是灰色的。難道法國沒有太陽了嗎？」還認為祖國的音樂不夠奔放，謂：「法國人平常老躲在家裏，不輕易出門；所以他們的音樂也缺少新鮮空氣，有股閉塞的，陳腐的，殘廢的氣息。這和貝多芬不問晴雨的在田野裏跑著，在山坡上爬著，手舞足蹈，駭壞了羊群的那種作曲方式完全相反。」對於歐洲古典派音樂大師的個別批評，更是一針見血，指出他們的作品缺少自由靈動的氣息，如「孟德爾頌是那種過分的憂鬱，高雅的幻想，四平八穩而言之無物」、「舒伯特被多愁善感的情緒淹沒了，好像沉在幾百里路長的明澈而毫無味道的水底裏」，至於偉大的巴哈，儘管使人「置身於大寺的陰影裏面，頂上是北歐灰色的天空，四周是遼闊無垠的原野，大寺的塔尖高聳雲際」，到達虔誠的境界，有時卻也「脫不了誑語，脫不了流行的廢話與學究式的嘮叨」。書中諸如此類的評語，俯拾皆是，值得細細品味。作者若非長期浸潤於古典音樂世界，絕不可能將之化為文字，而有這般超絕世俗的藝術表現。

　　作家寫自己最熟悉的經驗與題材，才能夠如魚得水，取得更高的藝術成就，深諳音樂史的羅曼·羅蘭之創作《約翰·克利斯朵夫》正是最好的例子。

人性機微之彰顯

——談褚威格小說特色

（一）窺見內心的奧秘

　　喜歡閱讀小說的讀者，必定知道以德文寫作的奧地利作家褚威格（Stefan Zweig, 1881-1942），其小說〈一位陌生女子的來信〉名聞遐邇，深受各國讀者喜愛，幾乎讓大家忽略了，其實他是個多產作家，而且撰寫的文類頗多，包括詩、小說、戲劇、文論、傳記等，其中以傳記和中短篇小說最為著稱，小說又與俄國契訶夫（Anton Pavlovich Chekhov）、法國莫里亞克（F. Mauriac）齊名。

　　俄國作家高爾基（Maksim Gorkiy）在寫給褚威格的信上說：「您小說中的人物之所以能打動人，是因為您使他們比我耳聞目睹的那些活人更加高尚，更有人性。這一點特別重要，並再次使我相信，藝術完全有理由高於現實。」國內作家羅蘭亦推崇褚威格的小說，結構嚴謹，文字優美，節奏生動，主題鮮明，而且內涵豐富，讓人讀來感到無上的愉悅與滿足。綜觀之，褚威格受佛洛伊德深層心理學的影響，其小說人物的心理分析與人性描寫，深刻精采，讓讀者

窺見人類內心的奧秘，堪稱褚威格小說的最大特色。

（二） 極端的渴求與悵惘

　　如〈一位陌生女子的來信〉，小說中美麗的女主角，以極端形式表現出對情感的極端渴求，十七、八歲就毫無條件地獻身於自小仰慕的風流作家，懷孕了，她無怨無悔地生養孩子，為了生活，委身為他人情婦，成為交際花亦在所不惜。後來與作家有機會再度過一宵，作家竟然跟以前一樣，完全不記得她，此後兩人又各自過著自己的生活，但她心中無絲毫恨意。小說的結局是，女方沒有男人供養，兒子因病無醫而死，女子在臨死前才給作家寫了這一封說明一切的信，沒有留下姓名地址，作家依然記不起這陌生女子是誰？之前，已身為人母的女子與作家重逢，褚威格如此描寫，「在重溫幸福的快樂中，我又感覺到你獨特的兩面性，精神方面的熱情和肉慾的感性混而為一。……內心深處有如最強烈的火山爆發，以燦爛的光輝迎向我——繼而熄滅在無止境的忘我中。於是連我也忘了自己。」充分呈現癡迷的女主角內心，對於作家之愛的渴望與忘情。

　　再以〈一個女人的二十四小時〉為例，孀居的中年婦人在賭城蒙地卡羅，看到一個俊美的年輕人沉迷於狂熱的賭局中，打算千金散盡之後離開人世。婦人眼見這個年輕賭徒就要縱身懸崖，動了惻隱之心，既獻身又出錢，意圖解救年輕賭徒，二人之間譜出一頁迷離與誘惑的詩篇。豈料年輕賭徒中毒太深，難以自拔，令婦人大失所望。結果，這來自顯赫家族的年輕人終究在賭城飲彈自盡，帶給讀者無限悵惘。關於賭徒中彩那一刻的心理，作者運用「雙手」來

描寫，「有的活像野獸長著毛茸茸彎曲的手指，像蜘蛛似地把錢牢牢抓住，有的神經質地顫抖不已，長著血色全無的指甲，幾乎不敢去拿錢，有的高貴，有的卑下，有的殘暴，有的羞怯，有的足智多謀，有的似乎木木訥訥——但是它們各自都顯得與眾不同，因為每雙手都表現出一個獨特的人生」。此外，中年婦人認為自己將耽迷於賭博的年輕人拯救出來，關於她心情的快樂，褚威格寫道，「這可怕的，難以理解的事情，突然之間對我來說，有了意義。想到這個嬌嫩、俊美的年輕人如今歡快而恬靜地躺在這裡，宛如一朵鮮花，倘若沒有我的獻身，定會摔成碎片，鮮血淋漓」，讀之莫不印象深刻。

又如〈熱望的秘密〉，十來歲的小男孩和母親到外地度假，小男孩遇見一位忘年之交——男爵，很高興結識新朋友，可是這個男爵接近小男孩乃別有企圖，因為他垂涎小男孩母親的美色。當母親和男爵愈走愈近，小男孩有所警覺，緊黏不放，一再破壞大人的「好事」，令母親和男爵懊惱萬分，作者如此描寫母親的心虛，「她怕見到這對銳利的目光。自從她知道，孩子睜大了眼睛在觀察，對她說一些她不想知道也不想聽的事，好像她的良心變做這個孩子，正在警告她，正嘲諷的在看她。這使她害怕驚慌」，將母子間這種微妙的心理轉變呈現出來。

（三）偏執狂傾向

無可諱言，褚威格的小說故事性強，情節曲折，節奏緊湊，重視人物的心理分析與描寫，可謂「精采絕倫」，故其作品十分好

看，的確深具吸引力。不過，褚威格小說中的主角，往往具有「偏執狂」傾向，處事每每不可思議，是以其小說之敘事，難以使嚴苛的讀者心服口服。以前述最廣為流傳的〈一位陌生女子的來信〉為例，其藝術表現與主題內容都有值得商榷之處，小說的故事內容浪漫，固然容易引起一般讀者共鳴，許多人認為這是在歌頌至死不渝的愛情之堅貞，也是一首悽婉動人的讚歌。然而，女主角的偏執、癡情、苦戀，教人心痛不已，相對於男主角的負心、浪蕩、不在乎，著實讓人難以理解，這就是千古不易的真愛嗎？所以，在西洋文學史中，褚威格終究未能進入偉大小說家之林，的確不是沒有道理。

關切人類的命運

——談褚威格小說的反戰反極權表現

（一）致力維護公平正義

　　奧地利作家褚威格（Stefan Zweig, 1881-1942）的小說作品譯文種類多，銷售量大，是二十世紀作家裏面，擁有廣大讀者的一位，尤以中篇小說〈一位陌生女子的來信〉最廣為流傳。不過，褚威格猶太裔的身分，深深影響其寫作。他的一生充滿傳奇色彩，正當第二次世界大戰戰火方熾，他選擇以自殺結束一生，令世人為之震撼與深思。

　　褚威格出身富裕的猶太家庭，極早就在寫作上嶄露頭角，他歷經第一次世界大戰，創作漸趨成熟。結識作家羅曼羅蘭、高爾基之後，視野為之開闊，跟羅曼羅蘭一樣，關切人類的命運，信奉「和平主義」，致力維護公平正義，以「世界公民」自居。而在藝術創作上，他也更進一步突破，寫出不少富於藝術感染力的小說。一九三三年法西斯上台，納粹執政，褚威格的作品在德國遭查禁焚燬，僅僅因為他是猶太人。由於處境艱難，褚威格隨即流亡海外，於次

年移居英國，一九四〇年更遠渡重洋，經紐約去到巴西。一九四二年二月，褚威格和他的妻子於巴西服毒自殺，留下遺書，寫道：「我的心智清明……，實已無力重新開始，該有尊嚴地結束生命了。我曾奉獻一生智力與精神於人性自由及最純淨的喜悅，那是大地上至高的價值。祝福每一位朋友！祝願長夜將盡時，你們再見美好的晨曦！我耐性不足，先走一步。」讀之不勝唏噓，此無疑是對法西斯極權暴政做出最激烈的抗議與控訴。

（二）對戰爭的沉痛控訴

　　小說反映人生，褚威格作品基調為現實主義，因為他是猶太人而備受法西斯迫害，身為和平主義者而目睹世界強權發動侵略戰爭，人民苦不堪言，褚威格內心之不滿與無奈，自然而然就在小說中表現出來，形成其作品重要之意涵。茲以下列具有代表性的三篇小說，加以闡述說明。

　　〈看不見的收藏〉中的古董商，為了收購更多的古董，以供應二次大戰後大家對古董喜愛的需求，他專程來到一位老收藏家的家裡，但這老人雙眼早已瞎了，又因戰時生活十分困苦，家人只好瞞著他將古董一一賣出去，可是大多被廉價收購，所以生活還是未見改善，一樣的貧苦。這位古董商獲知真相，不得不配合家屬演出，聽老人侃侃而談其實早已不存在的收藏畫，以免剝奪老收藏家僅有的幸福。古董商感受到老人的純真與對藝術的熱情，為自己原先的市儈而羞慚不已。

　　老人的女兒告訴古董商，因為戰爭爆發，姊夫陣亡，留下妻子

和四個年幼的孩子，生活頓時陷入經濟困境，不得不變賣首飾過活；戰敗後，生活更加難以為繼，只好偷偷賣掉老人珍藏的名畫，但錢花得很快，一、兩個月就用光了，於是繼續賣畫，偏偏戰後通貨膨脹，等取得款項，百萬元已形同廢紙矣。古董商看到那些有價值的、百年之久的傳家寶，就只為了點奶油麵包而被騙光，不禁憤懣、激動。這悲慘的一切，莫不歸咎於戰爭。褚威格藉由〈看不見的收藏〉，對殘酷無情的戰爭，提出了沉痛的控訴。

（三）不願成為戰爭幫凶

〈無形的壓力〉寫的是人生活在戰爭陰影下，隨時都得面對死亡威脅的心情。畫家費迪南和妻子為了逃避戰亂，設法來到中立國瑞士，卻仍收到德國徵召入伍的體檢通知，費迪南去與不去間，內心掙扎痛苦，顯示出人類面對戰爭、極權的脆弱、不安、徬徨，以及無所遁逃的恐懼。就在最後一刻，費迪南毅然拒絕德國政府，擺脫無形壓力，不願成為戰爭的幫凶。

小說中，褚威格藉由堅定、勇敢的妻子之口，不斷地對法西斯極權統治以及戰爭，予以嚴厲批判。丈夫認為法西斯政府是一部屠夫的機器，一台沒有靈魂的工具，既沒心臟也沒理性，人民根本無法去反抗它。妻子聽了，不以為然，瘋了似的叫道：「你不能反抗，我能！你要是軟弱，我可不軟弱，我不會屈服於這樣一張破紙，我不會為了一句話把活生生的一條命送掉。」妻子認為，法西斯極權所謂的「祖國」、「責任」、「英雄事蹟」等，全都是用來麻醉人的空話，如今的「祖國」，其實意謂著「謀殺和奴役」。她

痛罵執意要去領事館報到的丈夫:「你已經根本沒有自己的意志,你讓人家決定你的意志,這就是你的罪行。」又說:「你若是作為人,為了人類,為了你的信念要回國去,我不攔你。可是為了在野獸當中去當隻野獸,在奴隸當中當個奴隸,那我就堅決反對你回去。你可以為你自己的思想而犧牲自己,而不應該為了別人的瘋狂,讓那些相信這種瘋狂的人去為祖國而死吧……」此番反戰反極權的嚴正表白,猶如振聾發聵。終於,丈夫在車站看到獲釋的受傷戰俘們,斷肢截臂,蒼白憔悴,不禁心想,政府當局要他做這種事?把人傷害成這樣?只會用仇恨的眼光去注視弟兄們的眼睛?自覺自願地去參加這巨大的罪行?此時,他感覺到「巨大的真理在他心頭強勁有力地一躍而起,砸爛了他胸中的那台機器,自由從心裡幸福而又宏偉地升起,把服從撕得粉碎」,可謂大快人心!

(四)批判納粹惡行

　　〈西洋棋的故事〉是褚威格最後一部中篇小說,也是直接批判納粹惡行的唯一作品。寫二次大戰前夕,一艘由美國駛往巴西的輪船上,驕傲的棋王與工程師等車輪戰,經神秘的旁觀者 B 博士從旁指點,眾人竟與棋王打成平手。B 博士原為奧地利律師,德國入侵維也納後,遭蓋世太保逮捕、監禁、審問,為了對抗疲勞審訊,身心備受折磨的 B 博士,日日以想像的棋盤跟自己對奕,導致精神分裂,卻因禍得福,獲得釋放,搭船流亡海外。在眾人起鬨下,B 博士應棋王要求,二人對決,聲明以一盤為限。雖然 B 博士贏了,然因棋王堅持,二人於是再戰,氣氛變得緊張萬分,B 博士就

在舊疾復發之際，毅然棄子認輸，留下一盤耐人尋味的殘局。

　　小說中採「劇中劇」的形式來敘事，褚威格對於 B 博士遭秘密警察之迫害，著力描寫，讓人深深感受到極權政府的恐怖與無辜人民的恐懼。B 博士指出，當時每一個辦公室、每一個企業，都有希特勒「國社黨」所謂的基層組織，他們的間諜和奸細到處都是。又說，希特勒分子用盡一切辦法，折磨他們的心靈和肉體，把積聚起來的憤懣都發洩在他們身上。但為了從身為教會和修道院財產委託人的他那裡，獲得需要的「材料」，蓋世太保並非採用粗暴的拷打或者肉體的折磨，而是採用更加精緻、更加險惡的酷刑——把一個人完全孤立起來，讓被監禁者無事可做，沒有什麼可聽，沒有什麼可看。B 博士說，「我的身邊是一片虛無，一個沒有時間、沒有空間的虛無之境，處處如此，一直如此」。審訊時，問題真真假假，有的明確，有的刁鑽；有的打掩護，有的設圈套。B 博士知道，「如果我承認了他們還不知道的某件事，我就可能毫無必要地使別人遭殃；而如果我否認的事情過多，結果我就害了自己」。可怕的是，周遭的一切都一成不變，B 博士想著，「這兒沒有任何東西可以分散我的注意力，使我擺脫我的思想、我的瘋狂的想像和我的病態的重複。而這個恰好就是他們想要達到的目的：他們企圖用我的思想來窒息我，直到我喘不過氣來，那時我只好把我的思想傾吐出來，招出口供，招出他們想要知道的一切口供，供出別人和材料，此外別無出路」。褚威格因為飽受法西斯與納粹政權的殘酷迫害，毋怪乎對於上述逮捕、監禁、審訊的過程與心理描寫，能夠如此深刻、有力的呈現，讓人讀之難以忘懷。

（五）挖掘小說深度

　　無可諱言，褚威格的小說故事性強，情節曲折，節奏緊湊，重視人物的心理分析與描寫，可謂「精采絕倫」，故其作品十分好看，的確深具吸引力，是褚威格小說特色及其成功之處。然而值得注意的是，其作品如〈看不見的收藏〉、〈無形的壓力〉、〈西洋棋的故事〉等，於反戰反極權方面的文學表現，挖掘小說的深度，比起極端浪漫癡情、易於討好一般讀者的〈一位陌生女子的來信〉，這些作品反而耐看得多，即使在多年以後的二十一世紀，依然讓讀者回味再三。

開拓女性文學新領域

——看吳爾芙短篇小說

（一）現代主義與女性主義的先鋒

英國女作家維吉尼亞·吳爾芙（Virginia Woolf, 1882-1941），被譽為二十世紀現代主義與女性主義的先鋒，兩次世界大戰期間，她是倫敦文學界的核心人物，知名小說包括《戴洛維夫人》、《燈塔行》、《雅各的房間》等，而短篇小說亦頗有可觀，足以顯示其小說寫作特色及開拓女性文學新領域的成就。

吳爾芙小說的女性主義精神，無疑在開拓二十世紀女性文學新領域方面具有舉足輕重的地位。吳爾芙關於兩性的論述，以隨筆集《自己的房間》評價最高，有鑑於女性長久以來被視為第二性，在男性社會裏一直得不到發言權，女性一旦走上寫作之路 每每遭到迫害壓制，且在傳統父權社會中，女性往往被局限為「相夫教子」的角色，吳爾芙對此頗不以為然，於《自己的房間》指出，要當女作家，首先必須有自己的書房，接著更要經濟獨立、有固定的收入，甚至於強調，一個真正的藝術家必須保持非男非女的身心境

界，才得以避免偏見，保有對生命真實現象的敏銳表述能力。換言之，只有當兩性因素融合為一體時，心靈方得以充分發揮其所有功能，此堪稱「女性解放宣言」。如今，吳爾芙的兩性論述對於女性主義的發展，依然頗具影響力，尤其她並非以極端的基本教義來倡導兩性融合，更值得大家深思與敬佩。當然，吳爾芙自是將其女性主義精神，注入小說作品之中。

（二）女性主義的呈現

　　〈介紹〉的主角莉莉喜愛文學，類似吳爾芙的化身，她第一次參加社交宴會，如此形容：「這個纖弱而美麗的動物，男人對之鞠躬；這個受到重重限制、無法做她喜歡做的事的動物；這隻擁有一千個面的複眼、纖細漂亮的羽翼，以及無以數計的困難和感性和憂傷的蝴蝶：是一個女人。」顯示當時歐洲上流社會裏，女人只具有附屬地位。其實，女人的本質絕非社交宴會上的「細緻、做作」，而是「在漫長孤獨的散步中去跑、去趕、去思索，翻過大門，踏過泥濘，踏過屬於孤寂的朦朧、夢想、心醉神迷；去看千鳥的旋轉，去驚動兔子，去到那林子或廣闊的荒野的心臟……而使她的心裏充滿了狂喜和驚嘆」。〈存在的片刻〉裏具獨立性、有同性戀傾向的茱莉亞，說男人是剝奪女人權利的「食人巨妖」，時時干涉女人的生活，當然更不會認同女性悠遊於想像世界的自由，諸如〈兔兒與兔兒奴娃〉的妻子若莎琳，是一個退避想像世界的女性，現實世界的通俗價值令她反感窒息，蜜月期間，她與丈夫共同編出一個關於兔兒族的童話，彼此有默契地浸淫其中，只是兩年後，「現實」的

丈夫不再「縱容」她的天真，不再認為這屬於夫妻之間私密性的童話依然有趣，於是隨著若莎琳想像世界的破滅，夫妻感情也不復存在矣。

對於丈夫之忽視妻子內心的需求與感受，作者藉由〈遺贈〉予以嚴厲批判，國會議員克藍登向來以自我為中心，忙於政治活動，冷落了妻子安捷拉，一直依附在丈夫身邊、以夫為貴的安捷拉，對這樣的生活漸漸感到不滿，在取得丈夫同意後，她走出家庭，開始參與社會公益，為貧民服務，因此結識了認同社會主義思想的情夫，情夫為彼此無法相愛廝守而選擇自殺，安捷拉亦意外被車撞死，直到丈夫閱讀妻子遺留下來的十五本日記才發現真相：妻子竟是殉情而死！丈夫大感震驚。由此可見吳爾芙突顯安捷拉走出階級觀念、擺脫丈夫陰影，尋求自我價值的新女性身分之意圖。

除了反抗男性宰制的社會，吳爾芙對於女性本身亦不乏自我批判，如〈新洋裝〉中因為穿了一件不合時宜的新洋裝，在宴會裏侷促不安、飽受折磨、已婚也有孩子的中年婦女梅寶，「竟還是這麼放不開，這麼沒救藥地仰賴別人品頭論足、沒有原則和主見」。又，〈公爵夫人和珠寶商〉家道沒落、嗜賭卻硬撐場面的蘭姆邦公爵夫人，利用猶太珠寶商奧利佛貪好女兒戴安娜的美色，終於賣假珍珠得逞。再如〈鏡子裏的貴婦〉，富有的老處女伊莎貝拉看似快樂、有思想，實則那些「必定深鑴厚刻著意義」的「信」全是一堆帳單，原來伊莎貝拉只不過是衰老孤單沒有思想的女人。這些作品，在在突顯了吳爾芙的女性主義精神，於女權普遍被忽視的二十世紀上半葉言，無疑是十分難得的文學表現。

（三）描繪人物的潛意識

　　除了內容深具女性意識外，吳爾芙小說在藝術表現方面，詩化的語言典雅優美，特別是圓熟地使用意識流技巧，試圖描繪人物心底的潛意識，對於現代小說創作形成深遠影響。

　　像〈牆上的記號〉，女性敘述者回想一月時牆上留下的記號，幾乎通篇採用意識流手法，試看主角如此敘述，「窗外的樹很輕柔地敲著窗玻璃……我想要靜靜地、平和地、遼闊地思考，不再被打斷，不再必須從椅子上站起，舒暢地由一件事滑轉到另一件，毫無敵意或窒礙之感。我想要愈沉愈深，遠離表層世界」；〈祖先〉那歷經滄桑、一無所成的凡倫絲太太，成了寡婦之後，會在花叢裏坐上一小時，神遊於往昔，凡倫絲太太想，「總好像比現今要更真實多了，可是怎會如此呢？我真正活過的時光，她想，是在往昔，是和那些絕妙的男人女人一起共度的：他們才曉得我；獨獨他們那些人才了解我。她感覺她的眼睛柔軟了、深沉了，彷彿淚水逼上來了」；再如〈聚合與分開〉參加社交宴會的老處女安甯小姐，喜歡沉浸在愛與美的想像裏，對陌生人很麻木，習慣於避開男人，她覺得「無意間觸到了那埋在虛偽的人下面的真實的人。在月的影響下，她幾乎什麼話都可以說了，她便開始挖出埋在虛偽之下的真人……如同中年人常用以鞭撻自己某種根深的積惡，她的惡卻是一種可悲的怯懦，或者更確切的說，乃是一種慵懶；因為與其說她缺乏勇氣，莫若說她缺乏那股勁，尤其是在和男人說話之時，男人頗令她駭怕，每每使她的話遞降而為乏味的老生常談」。此般意識流手法，呈顯出人物幽微變換的心靈活動，對於傳統寫實主義來說，

是充滿實驗性色彩的一種突破。

（四）現代文學代表性的聲音

　　因為注重意識流，吳爾芙的小說情節動作少，大大降低了故事性。吳爾芙於〈論現代英國小說〉提及：「一個常人的知覺每天接受無數的印象——有些是瑣碎的，有些是荒誕的，還有些是深刻的。這些印象的綜合就織成一個人的日常生活。人生的真實性即在此。所以一個作家，如果他能擺脫傳統的束縛，不拘泥於精密的佈局和敘述故事，他就能真實地描寫人生。……小說家的使命在寫出環境對人心理上所引起的複雜反應和描摹情感的伸縮奔放。」是以盡其所能描摹生活的真實，確為吳爾芙小說的優點與特色。但不可否認，小說所表現的人生仍須提煉精華，避免瑣碎，而著重挖掘潛意識的心理分析小說，趣味性低，不易對讀者產生吸引力，且欠缺戲劇場面來烘托人物性格，頗不利於人物形象的塑造與刻劃，很難讓讀者對小說人物留下深刻印象。

　　無論如何，才氣縱橫的吳爾芙，展現當代女子難能可貴的勇敢、堅定與自信，揭櫫女性主義精神，以及從事現代主義的意識流寫作實驗，挖掘出被寫實傳統或男性文學傳統所忽略的一面，開拓了女性文學新領域，成果十分可觀，無怪乎成為二十世紀現代文學深具代表性的聲音。

親情的衝突與寬容

──談莫里亞克《蛇結》

（一）挖掘人性

　　法國小說家莫里亞克（Francois Maudiac, 1885-1970）於一九五二年榮獲諾貝爾文學獎，得獎評語是：「由於他對心靈之深刻觀察與緊扣的藝術──藉著它們，他在他的小說中剖析人生的戲劇。」肯定他在人類靈魂方面的透徹分析，對於文學內涵之開創，做出重大的貢獻。他在一九三二年出版的長篇小說《蛇結》，一般認為是莫里亞克寫得最好的作品，不過他於全集自序提到《蛇結》，說：「在此作品中我已達到自己特有的完美境界，但它並不是我最偏愛的作品。」主要原因應是《蛇結》的內容，如同莎士比亞悲劇一樣的陰鬱，既無喜劇的舒緩，也沒有令人著迷的抒情，呈現的是家庭親情之誤解、疏離、冷漠與對立，幾乎令人無法想像，這是文學作品中極其罕見的特例，尤其書中愛財如命的律師路易和他的家人，個個可憎可恨，實在很難讓讀者喜歡及接納他們。

　　莫里亞克是天主教徒、道德家，但論者批評，有時會覺得他的

小說人物活動的地域過於窄仄，不夠宏觀，且始終脫離不出金錢與財產的縈擾、肉慾的誘惑，特別是以描寫「罪」來自娛，甚至挖掘極深，描繪出病態的、噩夢般的世界，其小說人物每每沉淪，最後竟至失去人生方向，像《蛇結》就是這樣的作品。莫里亞克描寫人類的各種不幸，在於揭露這個世界無視於上帝的存在所造成的人性深淵，對讀者來說，應有道德上的警醒。所幸當小說人物降至最黑暗的深淵之底時，莫里亞克能將一種微光注入「神的恩典」裏，而這散發著微光的恩典所產生之宗教意味的救贖，遂顯得格外動人。

（二）守財奴的一生

　　《蛇結》共二十章，分成二部分，第一章至第十一章是第一部，為路易的自白；第十二章至第二十章是第二部，乃路易之日記與二封信，一是長子余貝爾寫給妹妹珍娜維也芙的信，另一則為外孫女賈琳寫給舅舅余貝爾的信。

　　小說的大意是，六十八歲的路易，出身農家，後來成為律師，富有、聰明、勤勞、吝嗇成性，雖然和家人住在一起，卻感到孤獨，家庭親情可謂貌合神離。如今，風燭殘年，他決定把自己的一生都寫在長信裏，死後留給妻子伊颯看，讓她知道，他內心充滿恨意。恨家道中落的妻子，因為無法跟心愛的男友結婚才退而求其次嫁給他；恨她故意重視兒女而完全忽略他的存在；恨子女跟母親站在同一陣線排拒他，一心一意只等待他死亡，以繼承他龐大的遺產。他做為人夫、人父卻未受敬重，感受不到家庭生活的溫暖與幸福，內心被失望、怨恨、痛苦所折磨。

　　苦悶的路易為此一度生活放蕩，曾經外遇生子。後來他想到一個報復手段，即剝奪髮妻和兒女的繼承權，設法將遺產贈與住在巴黎的私生子侯貝爾，未料路易遭軟弱無能的侯貝爾出賣，報復計劃乃告失敗。這時，家鄉的妻子伊颯突然病故，路易匆匆趕回，檢視遺物時逐漸得知，妻子並非完全忽視他，於是路易心中的積恨消失了，錢財也變得不再重要，他把財產交給子女管理，孤獨度日，直到外孫女賈琳被在家族中毫無地位可言的丈夫斐立遺棄，幾乎精神失常，當她逃離療養院，獲得路易收容，他因此有機會和賈琳、曾孫女同住，享受到前所未有的親情之愛、天倫之樂，使得向來不肯望彌撒的路易「終於認識祂那令人崇拜讚美的愛的名字」而後死去。

　　兒子余貝爾看了路易先前所寫的「可怕」的自白，**震驚**於父親心中之積怨與憤恨，卻也發現父親有其人性的一面；賈琳同樣認為，錙銖必較、愛財如命的外祖父雖然討厭，然而經過一段時間的相處，「一道神奇的榮光在他臨終前幾天照亮了他」。小說在賈琳等待舅舅余貝爾的回音時結束，至於余貝爾是否同意把路易遺留下來的自白和日記給賈琳過目，故事情節並未交代，莫里亞克讓讀者自行去判斷。

（三）打開蛇結

　　由於上流社會的岳家及親戚們打從心底鄙視路易的出身，加以他對妻子、兒女的不滿，乃有「蛇結」一說，構成這部小說的關鍵象徵。路易把自己的心比作一個蛇結，於自白中寫道：「我了解我

的心，這顆心，這個毒蛇結：壓在毒蛇下奄奄一息，喝飽了毒蛇液，這顆心在麇集蠕動的毒蛇下繼續跳動著。這個毒蛇結是無法拆開的，需要刀子、需要利劍一刀斬斷：我來不是帶平安，而是帶刀劍。」當妻子伊颯早他一步離開人世，路易發現，妻子雖然戀愛失敗，但結婚之後，基於教義，她誠心誠意愛她的丈夫，並不曾像他先前所想的那樣，完全對他冷漠不關心，路易竟然不知道自己被對方愛著。而路易忍無可忍，當面揭穿子女們為「維護財產繼承權」所使出的陰謀手段，令子女方寸大亂、手足無措，不過傷心的路易也終於看清自己的罪過，原來那蛇巢之中，正是自己的嗜錢如命，以及對兒女們的憎恨之心、報復之念，他則拒絕在這一堆盤結的毒蛇堆外，再去找尋生命的意義，於是他整個人生都成了貪慾、怨恨的俘虜。這遲來的覺醒，終於使他開始關心身邊的人，包括侍候他二十多年卻對其一無所知的佣人。這樣的性情轉變，化解親子間的衝突，長久以來盤據心頭的、可怕的「蛇結」也被相互的寬容打開了。

（四）宗教的信仰與批判

路易原先是排斥宗教的，想藉此激怒妻子，引起她的注意，這是路易和伊颯及子女們之間關係疏離的主因之一。路易曾有以下關於宗教信仰的堅定聲明：「如果在我臨終之前，我接受神父的幫助，領受聖事或皈依宗教，我預先在神智清醒之際提出抗議，反對人們濫用我精神和肉體衰弱的時候，逼使我接受我的理性所拒絕的東西。」後來，路易覺得自己似乎在欺騙自己，因為他所疼愛的小

女兒瑪俐和外甥律柯的死亡，隱隱約約使他感受到上帝的存在，只是在生命的每個轉捩點，他總是放棄那一隻神秘的手遞交給他的鑰匙。

莫里亞克更藉由賈琳之口，批判表面「虔誠」的宗教信徒，她在信上告訴舅舅余貝爾：「除了奶奶之外，我們的處世原則卻與我們的生活扞格不入。我們的思想、我們的願望、我們的行為，沒有一樣深深植根於我們所說的信仰之上。我們拼命地追求物質的財富，至於外祖父……如果我對你說，外祖父的心未曾賣給了金錢，你會瞭解嗎？」其實像路易這樣困於懊惱、或是以悔恨和痛苦來詛咒自己的罪人，比起一般道貌岸然、遵守戒律、過著純潔生活的人更像教徒。也就是說，莫里亞克尊重生命醜陋的真實，認為當罪人願意以懺悔來贖罪時，便贏得更多進入天堂的機會，怎不令人反思？

無論如何，莫里亞克《蛇結》具體描繪出一個人的生活，雖然十分黑暗，讓讀者看見中產階級被自身的貪婪、偽善和殘酷的自私所吞噬，令人感到痛苦。唯結局為那黑暗的心帶來寬容、希望與光明，總算彌補了小說原本在內涵語碼上的欠缺，也提升這部小說傑作的境界，擁有了留傳下去的可能性。

獨居老人的悲歌

——談萊辛〈老婦與貓〉

（一）走在時代前端

　　二十世紀是女性的世紀，隨著教育全面普及，女作家隊伍的成長最為可觀，而榮獲二〇〇七年諾貝爾文學獎的英國小說家多麗斯・萊辛（Doris Lessing, 1919-）堪稱其中最具代表性的人物之一。

　　萊辛是多產作家，寫作文類包括小說、詩、戲劇及社會、政治評論，以長篇小說數量最多，有十餘部，且頗具深度及廣度。最負盛名的是《金色筆記》和「暴力孩童」小說系列，尤其《金色筆記》關注女作家安娜・吳芙經驗的各層面及其外在世界，透過四本筆記本記錄下來，經由不同的形式展現經驗的支離破碎，開創史詩般的格局和小說藝術技巧，更被視為婦女運動的先驅。實則萊辛極不喜歡評論者將她歸為「女性主義」這一類，因為她注重的是人類整體的問題。其於一九七〇年代以後問世的短篇小說，內容豐富多元，深受好評，作品主題包括殖民主義、種族歧視、女性主義、政治、戰爭、社會福利、醫療、教育、藝術、成長過程、精神分裂、

夢、宗教神秘思想等,顯示她關心社會、政治乃至人類的命運,特別是她向來走在時代前端,遠於人們熱烈討論這些問題之前,萊辛早已在作品中予以反映,比如她三、四十年前的短篇小說〈老婦與貓〉,即觸及工業化社會的獨居老人問題,在二十一世紀的今日讀之,依然心有戚戚焉。

(二) 同病相憐

在〈老婦與貓〉中,萊辛像是一位對寒冬、貓的溫暖和人的頑抗都有深切體會的社會主義者,生動地描寫了人與動物之間那種不同尋常的關係,讀來感動良深。

〈老婦與貓〉寫一位吉普賽血統的老婦人「賀蒂」,年輕時丰姿綽約,丈夫於第二次世界大戰後不久因病去世,四個子女各自成家,中年婦人一度擔任售貨店員,後則改做中古衣買賣,然因行為變得怪異,住所髒亂不堪,鄰居逐漸拒絕與之來往,困窘的子女也都離她開始。孤家寡人的老婦獨居倫敦的公寓,年已七旬,僅有一個女兒曾寄聖誕卡給她,她只好跟收養的一隻既醜又病的流浪貓「提比」相依為命。因造成居家環境髒亂,養動物的法規將嚴厲執行,賀蒂不肯「消滅」貓咪,便獨自帶著老貓離開住了三十年的小公寓,搬到貧民窟一間老房子,跟數個老女士同住。當老舊社區推動更新,房子面臨拆除改建,賀蒂執意不肯捨棄同病相憐的老貓,因此放棄社服人員安排的養老院及養老金,拒絕社會體制,另覓一間無人居住的破屋暫時棲身,跟貓兒相濡以沫,過著躲躲藏藏的生活,彷如在叢林一般。漸漸地,老婦人失去應付生活的能力,連不

離不棄的老貓叼回來的野鴿子也無法吃了。最後,老婦人跟其他流浪漢一樣,熬不過嚴寒的冬天而死去,直到發出屍臭才被政府人員發現。老貓提比失去倚靠,無人肯收留,只好加入墓地的流浪貓群。未久,待人友善的提比遭環保官員緝捕,年輕一些的貓可能會有新家,可是牠太老了,身上又有味道,毛也亂七八糟,於是難逃「安樂死」的命運。

(三) 批判社會福利制度

多麗思・萊辛和女兒都愛貓成癡,她曾著有小說《特別的貓》,在扉頁題道:「獻給我樂與貓族共同生活的女兒珍・威茲登。」該書寫出貓迷人而難以捉摸的性格,及其獨特、動人的世界。是以萊辛將貓咪融入小說題材,寫出〈老婦與貓〉,並不令人感到意外。

〈老婦與貓〉是一闋獨居老人的悲歌,讀之令人鼻酸。萊辛首先注意到,高度工業化之後,傳統家庭倫理與結構一一瓦解,社會必然面臨到獨居老人問題。〈老婦與貓〉嚴厲批判社會福利制度之缺乏人性,這樣一位孤苦無依的老婦人,終究抵抗不了血液中吉普賽人不落地生根的野性呼喚,縱然在人生的最後階段,至死都還有其獨立意志,安排自己的生活,然而重表面形式、僵化的社會福利制度,罔顧有情世界,亦即老婦人多年來和老貓難以割捨的感情,現存體制拒絕接受老婦的貓,迫使老婦索性自我放逐,變成全職的流浪者,就在被社會遺棄的同時,她也輕蔑地遺棄了社會。

那些所謂「真正的公民」,美其名是為了追求社會進步,積極

清除社會上的「垃圾」——貧民窟、孤寡老人、野貓等,卻不知反省,怎麼會有這些「垃圾」的存在?在這世界上,曾經無私地給與老婦人溫暖的,只有那隻貓,於是老婦人回贈貓以性命。當公權力再度下達驅趕命令,老婦人冥頑迎向流浪者的命運終站——疾病與死亡,造成這樣一個社會邊緣人的慘痛悲劇。緊接著,老婦人的死令原本懷著愛與希望的老貓失去最後一個家,終遭「人道毀滅」的惡意對待,怎不感慨!小說中,老貓「提比」和老婦人「賀蒂」經常吃鴿子裹腹,偏偏「鴿子」是和平的象徵,萊辛無疑藉此對公理正義與和平的喪失,表達深沉的抗議與諷刺。

(四)家庭問題的控訴

此外,具有社會主義理想傾向的萊辛,透過〈老婦與貓〉,呈現工業化社會遺棄老人的家庭問題。老婦人有四個子女,茹苦含辛將他們扶養長大,各自成家立業後,對母親卻不聞不問,其中僅有一個女兒曾寄聖誕卡給她,老婦人一直珍藏著,重病時,她在破布堆裡找出這張賀卡,對著賀卡憤怒地埋怨子女們:「我曾是你們的好母親。」大聲吶喊:「我從來沒有讓你們欠缺過什麼東西,從來沒有!小時候,你們總是擁有最好的東西!你們可以問任何人,去吧,去問他們吧!」試問,還有什麼比這般淒苦的控訴更令人心痛呢?為什麼年邁多病的母親在最需要子女關懷時,子女們卻袖手旁觀,如此冷漠無情,原因何在?可惜小說作者只是呈現問題,並未進一步探討答案。

由〈老婦與貓〉觀之,多麗思・萊辛的人生經驗豐富,對老婦

「賀蒂」外在與內心的描寫都細膩深刻，其藝術成就普遍贏得肯定。足見萊辛不只是一個能夠觸碰到讀者內心深處的女性書寫者，其寫作所觸及、關懷的社會層面亦相當廣泛，的確有別於一般女性作家，毋怪乎有人替她打抱不平，認為這諾貝爾文學獎似乎來得太晚了些。

道德靈魂的痛苦與淨化

——談志賀直哉《暗夜行路》

（一）自傳色彩濃厚

　　每個人的一生都是一部長篇小說。如果一位作家，其創作生涯中，長篇小說僅只一部，則此一小說的自傳色彩必然濃厚，日本作家志賀直哉（1883-1971）唯一的長篇小說《暗夜行路》即為明例。《暗夜行路》自一九二〇、一九二一年開始寫作，其間寫寫停停，至一九三七年才完成、出版，因為男主角與父親關係不佳、母親於童年時產後病故、兒子出生未久罹患丹毒而夭折……等故事情節，跟志賀直哉的實際人生相仿，自然令讀者有「小說即自傳」的聯想。志賀直哉於「後記」坦承，主角暨小說家「時任謙作」大體是作者自己；寫作時，小說人物甚多是有著心目中的「範型」，亦即有所依據。倒是女主角「直子」，志賀直哉則否認是影射自己的內人，聲明此一人物純屬虛構。

　　無論小說內容是真是假，志賀直哉《暗夜行路》以自我的感覺為主體，採用簡潔的寫實主義手法，凝視人生，藉由人物的內心衝

突，諸如愛與恨、過失與不貞、寬容與憤怒……等，追尋自我的價值與真正的幸福，在主題結構方面取得高度的藝術成就，值得細細咀嚼回味。

(二) 悲哀的命運

　　《暗夜行路》分為序詞（主角的追憶）、前篇、後篇三部分。序詞寫主角「時任謙作」的幼年時代，六歲時母親病故才知道自己有祖父，未久即被祖父帶去同住，家中尚有比他大十七、八歲的祖父的姨太太榮娘。他討厭祖父，但喜歡榮娘。謙作認為只有母親愛他，至於父親，待他向來冷淡；難得某次謙作和父親玩角力，謙作輸了卻絕不軟化、討饒，弄得場面僵硬、尷尬，父子二人的關係就是這般怪異。謙作從小對自己之遭受不公平待遇，習以為常，也不想去打聽為何如此？這樣的成長過程分明極不快樂，然謙作不覺得悲傷，這是《暗夜行路》的伏筆，重要的疑問語碼。

　　前篇為謙作長大成了小說作家，祖父已逝，仍由榮娘照顧他的生活起居。謙作與兄長信行、妹妹開子、妙子感情很好，跟父親的關係則依然疏遠。他向青梅竹馬的愛子提親遭拒，未知原因為何？心情不佳的謙作，覺得「被迫揹了不知實體的重物」，於是和友人出入歡場、酒樓，跟藝妓、女侍交往，甚至於去風化區嫖妓。只是謙作始終無法燃起內心的熱情，倍感孤獨寂寞，不禁自問：「我到底在尋求什麼？」謙作放蕩之後，發現自己對榮娘存有淫蕩、惡劣、不倫的意識，幻想自己被榮娘帶進黑暗的房間。謙作突然覺得這樣的生活可厭，就獨自離開東京，到「尾道」獨居、寫作。後

來，為了安頓躁鬱不安的心，竟打算向跟自己感情最接近的榮娘求婚，此舉有悖倫常，榮娘斷然拒絕。這時居中傳話的兄長信行寫信告訴他身世的真相，原來謙作是父親留德三年間，母親與祖父亂倫所生的、可詛咒的「罪之子」，難怪謙作一直受到不公平的對待。當年，外祖父得知此事，認為墮胎乃「罪上加罪」，所以母親搬回娘家，生下他。外祖父將此事告訴人在德國的父親，沒想到父親選擇寬恕一切，未久，祖父便獨自離家，失去聯絡。

謙作為此感到震驚，但獲知自己屢屢遭拒受挫的原因，反而不再消沉、痛苦，傾力尋找脫離苦海的方法。他回到東京，父親欲辭退榮娘，以免後果不堪收拾，但他置之不理，依然讓榮娘照料生活，然基於對「祖父與母親」、「祖父姨太太與自己」這種雙重陰暗關係的恐懼，他對榮娘的心意業已改變。接著，謙作和榮娘搬到郊外「大森」生活，寫作遇到瓶頸時，內心的苦悶及身世的悲哀，促使他再度至不良場所放蕩，暗自期待著，能夠找到境遇同樣悲慘的女子共度一生。

（三）痛苦的人生

後篇寫謙作為了擺脫失敗的生活，前往古老的京都，計劃居住下來，安頓無法平靜的騷亂心情。結果，謙作幸運地遇到豐潤的古典美女「直子」，一見鍾情，經過兄長友人石本等之穿針引線，相親成功，而且女方長輩對於謙作不潔的出生不以為意，認為：「這是人的問題，如果因此而能奮發有為，相信這種事一點關係也沒有。」這讓謙作感動萬分，也提醒自己，甩開祖父的陰影，走進真

正嚴謹的生活。婚後夫妻恩愛，生活幸福，直子很快就懷孕生子，只是造化弄人，兒子「直謙」得丹毒重症，醫療無效，發病一個月後夭折。這孩子彷如是為痛苦而出生，直子悲傷不已，身體難以復元；謙作亦無法忘懷死去的兒子，沒有心情寫作，覺得冥冥之中，「命運」似乎在嘲弄著自己。

此時，先前因謙作找到結婚對象而去中國天津的榮娘，由於藝妓生意失敗，輾轉困在朝鮮京城，十分落魄，謙作得知後，認為自己對榮娘負有責任，連忙趕往朝鮮接回已離開日本一年半的榮娘。生性敏感的謙作返國後，察覺妻子神情有異，意識到有什麼可怕的事情將降臨到身上。果然，直子吐實，原來謙作出國期間，她不小心和來訪借住的表兄「阿要」有了一夜的肉體關係。這彷彿是早年父親出國而母親跟祖父發生不倫的翻版，他跟父親一樣，選擇原諒。只是謙作想法「寬大」，實則他在情感上飽受折磨，為此痛苦不堪，整個人越來越焦躁。未久，直子又懷孕了，經推算，幸而孩子應是出國之前受孕的。懷孕再度為這個家庭帶來希望，謙作告訴自己：「是直子無意間造成的。我一點也不恨直子。只要不再犯，我打算從心底寬恕她。（下略）事實上，直子幾乎沒有罪，而且一切都該已經過去。」可是他終究無法佯裝忘掉直子的犯錯，心情還是未能真正穩定下來，好像有什麼奇怪的東西在腦中作怪，當謙作意志壓制不住了，會突然間動怒，這時直子立刻聯想到，原因出在自己的過失上。

孩子生下來了，取名「隆子」。不久，謙作、直子、榮娘、學弟末松相約搭火車出遊，卻發生驚心動魄的一幕。直子因替女兒換尿片，趕不及時間，她仍抱著孩子想搭上火車，謙作見狀，強接過

孩子，先行登車，要動作較慢的直子搭下班車，未料直子拖著步子跑過來勉強跨上火車的腳踏板，謙作直呼危險，彷彿神經病發作，竟伸手猛推直子胸部，使她跌倒在月台。雖然直子傷勢無礙，不過，她仰身倒下望著謙作的眼神，讓謙作覺得事情已到無可挽回的地步。

直子見丈夫懷恨在心，索性明白告訴謙作：「要求你真正原諒我，想來永遠不可能了。既然如此，就好好恨我吧！要是不能原諒，我也只好死心不求原諒了。」但謙作予以否認，稱火車站的衝突純屬心情焦躁所造成。結果，夫妻間還是痛苦萬分。如何安頓不安的心靈，使自己好好生活下去，成為謙作面臨的人生難題。

（四）追求靈魂的安頓

陷入人生困境的謙作自我反省之後，決定單獨到鳥取縣的伯耆大山待上一段時日，夫妻暫時分居，直到他想通再說。

謙作住到寺院，擺脫了令他精疲力盡的人際關係，閱讀之餘，時時親近、觀察大自然，感覺心境變得平和，遼闊的世界已然舒展開來，大有助於心境的純化。而謙作結識山村中專門替人鋪蓋屋頂的「小竹」，帶給他「愛與恨」的啟示。小竹娶了一個年長三歲的女人，妻子卻是天生的淫婦，婚前婚後都有一個以上的情夫，小竹雖然知道，還是娶她，卻又為此而痛苦，大家勸他離婚，他就是捨不得，甚至於後來妻子被情人殺死，小竹只是傷心哭泣，毫不恨她。謙作起先覺得，小竹多少有些病態，後來則認為，小竹也許因為完全了解妻子的本性和以前的惡習，才能夠抹煞自己的感情，寬

容地原諒她。於是，謙作寧願認為，母親和直子的情形是過失而非
不貞。

再者，謙作吃鯛魚中了毒，罹患急性大腸炎，在服下止瀉藥
後，仍依計畫隨隊登山，結果途中體力不繼，不得不獨自留在半路
休息，然此時的謙作跟以前大不相同了，沒有絲毫的煩躁感，他倚
山石坐下，作者寫道：「倦極了。疲倦變成奇妙的陶醉感，向他逼
來。謙作覺得自己的精神與肉體逐漸溶入大自然中。大自然像氣體
一樣，無法用眼睛看到，以無限大包圍著小如芥子的他，他慢慢溶
入其中。——回到大自然的感覺是一種無法用語言形容的快感」。
謙作靜靜地等待天亮，迎接黎明，他似乎悟道了，「只要一步就可
踏入通往永恆的路。」心中完全沒有死亡的恐懼感。回到寺院，謙
作發高燒，陷入昏迷，不時呼喚著「直子」，顯然他已化解內在的
衝突，原諒妻子的過失。當直子接獲緊急通知，趕至寺院，謙作欣
於妻子的到來，「默默望著直子的臉，彷彿要用眸光撫摸一般。對
直子來說，那是不曾見過、柔和而充滿愛的眼神」。謙作握著手，
閉上眼睛，沉靜平穩，這是直子第一次看到謙作這種表情，她想
著：「不管有救沒救，反正我不離開他。不管到哪裡，我都跟他
去。」可見夫妻間打開心結，取得了理解與寬容，深深體認到愛的
內涵與真義。

於是苦悶的靈魂走出暗夜，尋找到內心的平靜和真正的幸福。
《暗夜行路》的內涵由此為之提升，展現超脫的人生境界，創造出
永恆的藝術價值，使作品本身有了一般小說少見的高度，毋怪乎志
賀直哉對評論者之認為《暗夜行路》是一部戀愛小說，頗不以為
然。

（五）藝術表現的缺失

當然，《暗夜行路》在藝術表現上，亦有其缺點。因為這部小說，時寫時續，前後花了十六、七年才脫稿，是以前篇與後篇的寫法並不一致，整體結構缺乏統一性，如前篇以不少篇幅描述出入花街的種種，謙作結識了藝妓喜登子、小稻、加代等，可是無法進一步交往，這些人後來就未再出現了；再如友人阪口、龍岡、緒方等，於後篇也未見影跡，似乎都是可有可無的角色，如此之人物結構有待商榷。

人物塑造方面，《暗夜行路》以時任謙作為核心，藉由遇事的抉擇與心理的描寫來塑造人物，形象堪稱鮮明、立體。不過，主角身邊人物的內心刻劃則付之闕如，是以謙作的父親、母親、祖父、兄妹、青梅竹馬的愛子、友人石本、學弟末松等，乃至長期照料生活起居的榮娘，或是逆來順受的太太直子，面貌都顯得模糊，只能算是扁平人物。唯有一直支持著謙作的哥哥信行，在故事情節的推展上扮演關鍵性角色，作者著墨較多，並且將之塑造為個性善良、懦弱的人，跟任性而為的謙作形成強烈對比，令讀者留下較為深刻的印象。

此外，小說中，作者的「插敘」每每影響敘事的進展，如謙作兒子直謙進行急救時，細談各國對於「安樂死」的看法；旅行參觀寺廟古畫，逐一臚列諸家畫風；或是赴朝鮮接回榮娘時，在平壤敘述不肯做日本順民的「不逞鮮人」的故事……等等，莫不使小說節奏因而遲滯、緩慢，讀來覺得瑣碎、累贅。

即使《暗夜行路》的表現形式有其缺失，然主人翁「時任謙

作」精采深刻的心理描寫,以及「道德靈魂的痛苦與淨化」此一主題結構之藝術成就,在在足以使《暗夜行路》擁有經典的位置。

人性的極度試煉

——看大岡昇平《野火》

(一) 題材特殊的戰爭文學傑作

　　大岡昇平 (1909-1988) 的中篇小說《野火》，被譽為日本現代小說傑作，曾榮登《文藝春秋》雜誌「戰後名著排行榜」第二名，得到日本文化界的普遍肯定。此作描寫二次世界大戰末期，日本於菲律賓敗戰的慘況。當時，日本兵源、軍火均已匱乏，後勤困難重重，糧食嚴重不足，士兵為了生存，甚至淪落到吃人肉的地步，如今實在難以想像。雖然這是窮兵黷武的侵略者之自食惡果，也是一種極端恐怖的「懲罰」與「諷刺」，但此一特殊題材所涉及之人性試煉，在在令人深思。

　　由於大岡昇平擁有實際戰地經驗，《野火》無疑具有重大的現實意義。大岡昇平係商人家庭出身，中學時期開始對文學產生興趣，一九三二年畢業於京都大學法文系，曾在國民新聞社和日法合辦企業帝國氧氣公司任職。早期從事文學評論，致力於研究和翻譯「史丹達爾」等法國作家作品。一九四四年被征召入伍，派駐菲律

賓岷多羅島，隔年為美軍所俘。戰後他根據這段經歷，以「受害者」的角度，寫成短篇小說〈俘虜記〉和中篇小說《野火》等。

（二）敗兵的悲慘經歷

《野火》主要內容是，一等兵田村戰後復員，於精神病院寫出戰爭末期的悲慘經歷，共三十九則手記。

派駐菲律賓的田村，因罹患肺病，無法出外蒐集食物，窘困的醫院又拒絕未帶來食糧的病兵，導致田村無處可去，只好跟隨其他被醫院拒收的士兵一起離開，自尋生路。途中遇到砲轟，眾人失散，田村變成一個人，四處覓食以維持生命。其後，來到空無一人的漁村，在教會遇見一對來此幽會的菲國男女，因語言不通，加以女子驚聲尖叫，田村一時衝動失控，射殺了菲國女子，另一男子則趁亂逃逸。田村為此感到內疚，隨即棄槍離去。多日後，遇同袍三人，重燃生之希望。此時田村方知原部隊已全被殲滅，而更令他震驚的是，同袍的生存之道竟是連人肉也吃。當大家奉命向「巴崙龐」集結，沿途險象環生，死傷慘重，田村冒險越過濕原，終於體力不支而暈倒，幸被先前自醫院一起離開的病兵永松所救，田村毫不猶豫地吃下實為人肉的「猴子肉乾」。永松告知，取食人肉是強悍的安田的主意，一直被控制的永松對此早已忍無可忍，欲趁機殺死安田以擺脫之。果然，安田中計丟擲手榴彈，但永松和田村逃過一劫，永松隨即射殺不良於行的安田，並且動作俐落地取下安田的人肉。田村親眼見識這恐怖的一幕，內心承受不了，乃「代行神的意志」，槍殺本已不想再活下去的永松。之後，田村在山中被游擊

隊所捕，因傷住院，再被送回日本，卻因精神失常，與妻子離婚，住進東京郊外精神醫院治療，終究還是難逃一死。

（三） 對戰爭的強烈控訴

關於戰爭所帶來的悲慘遭遇，《野火》之描述令人感嘆，乃至於毛骨悚然。最典型的是士兵們缺乏食物，所以無所不吃，山芋成了主食，其他諸如草、闊葉或山蛭，都是求生的食物，這些又餓又病的士兵毫無人性尊嚴可言，個個「早已失去人類生存的樣式」。田村餓昏了，看見花，居然產生幻覺，聽到花對他說：「可以吃我呀！」因為太餓了，對未來就只剩下「絕望」。當田村於途中看見餓死的軍人，他倒認為這些「已不能吃」的軍人卻是「受到神的寵愛」。許多口口聲聲「忠君愛國」的軍人，餓得活不下去了，反而羨慕受傷成為戰俘者，或者內心不時想找機會投降，因為可以吃飽，活著回到祖國，豈不諷刺！當然，絕望之餘，眼看一步一步慢慢走向死亡，田村不免想像，用手榴彈炸死自己，或是參加自己的葬禮，細看本身的死臉。田村甚至於不再怕死，認為「死亡」給予他「回到自己家一般的舒樂」，這帶給他自由，變成他「最大的依靠」。怎不可憐、可悲？

當然，最恐怖的是「吃人肉」了。大岡昇平對此之描述，讀者應該很難忘記。田村孤獨二十餘天後，遇到同袍三人，他們告訴田村生存之道：「我們在新幾內亞連人肉也吃過，是經歷了艱難，吃盡了苦頭的士兵。要一起走，很好，但在這裏打轉的話，就要『吃』下去哩。」此言令他震驚！又，臨死的中年軍官緩慢舉起瘦

削的左手，用右手敲其上腰，告訴田村：「什麼，你還在呢，好可憐呀。我死了以後可以吃這裏。」軍官斷氣後，田村果然意志動搖，不禁替自己有了吃人肉的想法找藉口，他想：「現在我眼前屍體的死，顯然不是我的緣故。只是狂人的心臟，因發燒而自然停止其機能而已。然而，他的意識已消失的話，這已不是人了。那該和我們平常不受任何良心苛責，而採集或捕殺的植物與動物，沒有什麼兩樣。」況且「我過去毫無反省地吃草或樹以及動物，其實那些都是比死的人更不可以吃的。因為它們還活著。」田村一度用右手拔出劍，確認無人偷看，準備下手取人肉時，「發生了奇妙的事情。我的左手握住拿劍的右手的手腕了。這種奇妙的運動，以後化成我左手的習慣。當我想吃不可以吃的東西時，從那食物的眼前開始，我的左手會自然地移動，從腕上握住我拿湯匙的手，即右手的手腕」。不過，當田村被永松所救，在不知情的狀況下，還是吃了黑餅乾一樣的東西，實則田村心裡有數，這正是人肉乾，而非他們聲稱的「猴子肉乾」，只是不明說罷了。最後，內心掙扎、痛苦的田村依然無法認同「吃人肉」的野蠻行為，所以他親見永松取安田人肉，突然就槍殺了永松。這驚心動魄的一幕，可以說充滿戲劇張力，也令讀者陷入沉思，為這些殺人與被殺者感到莫名的悲哀。

柯喬治《被出賣的臺灣》亦提到，聯合國救濟總署的一個工作隊發覺，日本無條件投降後，海南島約有八千名臺灣兵瀕臨餓死邊緣，既受創傷又疫病在身，可見大岡昇平《野火》的戰地描述，真實性極高，無疑是對戰爭的強烈控訴，令人心有戚戚焉！

（四）探討人之存在價值

　　大岡昇平運用傳統寫實以及西方現代派的心理分析手法，描寫被俘經過，深刻揭露戰爭後期士兵的厭戰情緒、敗局的不可避免和戰爭對人性的殘暴摧殘，表現了人們強烈的反戰情緒及渴求和平的願望，並且探討在面臨生死存亡關鍵時刻，人之命運及其存在價值等問題，充分體現了鮮明的時代感、強烈的反戰意識和探索精神。然而，大岡昇平在《野火》中，不斷質疑善良人性，比如認為人皆有分裂之存在，自喻為持槍的「墮落天使」，看見「野火」時，則「前世的我，也許為了懲罰人類，其實想吃他們也說不定。看見野火就走到那裏去找人，我秘密的願望，說不定就在那裏。」更何況大岡昇平之褻瀆上帝，如《野火》不相信宗教卻又似乎承認神之存在的田村，看著軍官屍體的汗衫之下，「雖然瘦削，但似乎隱藏著軍人發達的肌肉」，他竟然聯想起十字架上的耶穌那因下垂而緊張的胳膊。

　　再者，大岡昇平自承就讀教會主辦的青山中學時，每天要祈禱，經常有讀聖經的機會。由此推知，大岡昇平的成長過程中，在思想上或多或少受到基督教義的影響，於《野火》一再提到「十字架」、「基督」、「神」等，顯然想將神、思想、愛等要素嵌入作品，卻被批評為處理手法不夠靈巧，沒有徹底追求神的概念，對於基督似未認真思考，頗有濫用神學之嫌。大體而論，《野火》描寫被迫成為動物狀況的人類之精神問題，人類的利己心表現在吃人肉的形態上，但關於神的設定，作者在思想上沒有做好充足的準備。由於藝術表現的牽強，是以《野火》在思想內涵方面，尚無法令讀

者完全信服，只是有感覺而非感動。

　　無論如何，瑕不掩瑜，《野火》形式獨特，情節鮮明，筆致亦細密，凸顯戰爭試煉下的人性扭曲，雖然在藝術處理上不盡完美，但它終究是值得重視的戰爭文學代表作。

長崎愛與死

──看佐多稻子《樹影》

（一）苦戀十年的悲劇

　　佐多稻子（1915-1998）出生於曾遭原爆的長崎市，因長期關注、了解原爆問題，屢於作品中加以探討，形成其寫作之一大特色，堪稱日本原爆文學家；此外，佐多稻子小學五年就已輟學，做過童工、店員、女侍等工作，遷居東京後，結識菊池寬、芥川龍之介、江口渙和中野重治、窪川鶴次郎等作家，受到鼓勵而踏上寫作之路。她同情勞動者，加入日本共產黨，遭警憲迫害及逮捕入獄，故亦以書寫無產階級小說而聞名。或許由於作者政治立場之敏感，臺灣極少譯介出版其著作。佐多稻子知名的原爆長篇小說《樹影》，文風感性細膩，內容發人深省，值得深入探析。

　　《樹影》以抒情的筆調，寫長崎市一對原子彈受害者──已婚日本畫家麻田晉與華僑女子柳慶子苦戀十年的愛情悲劇。《樹影》於一九七二年出版，距日本一九四五年遭到原爆已二十餘年，然因原爆後遺症不斷浮現，此書推出之後，深受各界重視。但《樹影》

不僅寫原爆留下的陰影,作者也以高度的文學技巧,敘說內心充滿感情糾葛而又深具象徵意涵的愛情故事,使這部作品達到一個可敬的藝術高度。

(二) 不尋常的愛

　　柳慶子是出生於長崎的華僑,父親柳泰明自福建東渡,在日本生活了幾十年,即使將近九十歲了,依然心向祖國,依照中國的習俗來掃墓、過節,只是有生之年要回祖國一趟的宿願未能實現,抱憾以終。流著中國人血液的日本華僑,一般難以融入當地社會,明顯感到身分低下,遭受「日本人」的歧視,當蘆溝橋事變發生,在長崎幾乎每一戶華僑都有一人被捕,慶子的父親也被拘留調查了二十天才被釋放,華僑處境之尷尬難為,由此可見一斑。慶子自小在歧視之下成長,甚至得忍受「中國佬,滾出去,這裏是日本」的欺凌,所以個性倔強的慶子,對日本人總有抗拒的心理,尤其日本依據波茨坦宣言,制定外國人入境管理令,規定所有華僑和朝鮮人都須登記,且居留許可期限三年,每三年就要重新辦理一次,這歧視般的規定更令慶子難以接受,憤懣不平。

　　慶子經營的喫茶店「茉莉花」重新裝潢,由友人介紹,找上畫家麻田晉設計而結識對方,當時慶子二十七歲,未婚,承擔著全家生計;比慶子年長六歲的麻田,已有妻子兒女,但婚姻生活不幸福。麻田在戰時辭去三菱製鋼所的工作,此後一直過著不安定的生活,其妻邦子未有抱怨,唯對於丈夫從事繪畫並不支持,更不願意主動走入丈夫的世界,這跟柳慶子之欣賞麻田的藝術才華,形成強

烈對比，乃是麻田與慶子發展婚外情的關鍵因素。

　　麻田晉經常來「茉莉花」，因為麻田晉不是充滿優越感的大男人，也以平等之心對待柳慶子，沒當她是外國人，讓對「日本人」抱持對抗意識的慶子頗有好感，主動幫忙替他借到專用畫室。不過，彼此曖昧關係之明朗化，是在二人皆診斷罹患肺病之後，定期到醫院接受治療，經常有機會在畫室見面，兩人在一起，彷彿兩隻受傷的動物，在洞穴裏互舔著傷口，覺得安心，情愫油然而生，終於彼此不再克制、自瞞這份壓抑已久的情感，這時慶子二十九歲。不倫戀當然有悖道德，不為社會接受，何況麻田之日本人身分，十分敏感，慶子身邊的親人無不反對、痛責，希望女兒嫁給華僑的柳泰明提醒慶子：「我們身在長崎，華僑就是華僑，要和日本人分清楚。」妹妹獲知此事，也以半嚴肅的眼光瞪著慶子，說：「阿姊，這不行喲！和麻田先生那個……，不行喲！」博多的華僑遠親更毫不客氣地指責：「慶子小姐，妳是怎麼打算的？這事我老早就聽說了。他不是已結婚生子了嗎？妳不要太傻才好。反正對方只把妳當做食物一般，妳不致傻得變成那窮畫家的食物才對，妳該懸崖勒馬才好。」然而，慶子不畏閒言冷語與所謂「背叛」族親的批評，她一意執著這份靜默的愛，反而認為自己的生命才剛開始，享受著二人世界的快樂，比如冬天，小木屋寒冷，麻田出奇不意地揹起慶子，在狹小的屋中打轉，慶子抱著麻田的肩膀，「喀喀」地笑得像個小女孩一樣。

　　麻田從未提及妻子，慶子也不過問，這似乎是兩人之間共同的默契。但久而久之，麻田談起孩子，慶子還是會吃醋，甚至有時哭著說想要生孩子，這讓麻田為之心慌，因為麻田覺得妻子不幸、可

憐,無法狠心跟太太分手。其實麻田晉和柳慶子都知道,二人之間不可能開花結果,也同意維持現況,他們就曾經有以下的對話,麻田說:「我一直感到對不起妳,現在我沒能給妳什麼,也沒資格對妳要求什麼。」慶子回答:「你儘管要求好了,我誠心奉獻我的一切,儘管你不想這麼做,我已從你那兒領受很多了……」

(三) 原爆後遺症的影響

麻田晉和柳慶子的戀情,穩定發展著,直到麻田晉染上原爆後遺症,情節發展急轉急下。美國軍機轟炸後,長崎原爆中心地滿目瘡痍,變成一片廢墟,死傷慘重（犧牲者七萬三千八百人,大半立刻死亡或事後不久即死去）,猶如人間地獄,麻田晉和柳慶子雖然都躲過八月九日之禍,但他們跟當時的人一樣無知,並不了解原爆輻射線、輻射塵會帶來可怕的後遺症。許多原子病潛伏九年十年之後才逐漸發作、浮現。慶子和大妹於停戰次日,冒著大熱天走過那瀰漫著鬼氣與屍臭的爆炸中心地,到友人倉庫取回寄存的東西,置身於無形的危險之中,讓自己後來一直為是否感染原子症而擔心著。結果,慶子只是虛驚一場,然而麻田晉卻無法逃過噩運。原爆之後,麻田去以前工作的製鋼場,天天接觸死者,還加入挖掘屍體的「作業」,連續好幾天,沉浸在強度輻射能之中,埋下日後罹患肝癌的因素,豈不令人痛心!

難得的是,麻田罹癌住院,慶子的關心遠遠超過身為另一半的邦子,她非但不離不棄,而且日日到醫院探病、烹煮補品等,把病人照顧得無微不至,直到麻田告別人世,可謂感人肺腑。其中幾幕

令人印象深刻,如體瘦腹漲的麻田非常口渴,偏偏院方禁止他喝水,慶子便在醫生允許下,準備碎冰塊,塞入等不及的麻田口中;七月底的酷熱讓人受不了,探病的訪客走後,慶子毫不嫌棄地仔細為麻田擦拭病體,幫那疲勞的影子也拭去;再如慶子洗滌便器及換洗的衣物,然後幫麻田剪腳趾甲,把那裝指甲的衛生紙折疊起來,藏在自己的衣袋,留作紀念。佐多稻子諸多細膩的描寫與刻劃,凸顯了這不尋常的愛,令人為之動容。

(四)《樹影》的象徵意義

麻田晉肝癌住院治療之前,拚命完成二幅虛無孤獨的油畫,即「木立」和「樹骨」。「木立」幾乎是一片的灰色,僅將小部分二棵樹的影子,以近乎黑色的綠來用色,構成全圖;另外,「樹骨」是麻田弟弟在哥哥枕邊所見到的景象,有二棵樹居前,另一棵佇立於後,左右向外張的樹枝連一片葉子也沒有,看起來十分尖銳,在白色及灰色中,以畫面浮現的濃淡,顯示出三棵枯木,就如題名一般,可見其骨。油畫的樹影是近乎黑色的綠,代表癌症的恐怖陰影,無疑是「死之必然」,當然也同時暗示著麻田晉和柳慶子二人愛情的陰晦悲局,此為書名《樹影》的象徵。「木立」和「樹骨」那枯樹、無色的畫,正是畫家麻田的淒涼心象,當麻田自知身體已經受到原子輻射的傷害,他也就喪失生命的顏色了。幾年後,柳慶子對死去的麻田念念不忘,乃將之移情於政治活動,積極經營「中國書店」,然因腦部生理組織「蛛網膜」下出血而突然病故,結束了四十六歲的生涯。

　　《樹影》敘說麻田晉和柳慶子的愛與死，令人噓唏不已。有過兩次婚姻的佐多稻子，寫婚姻第三者的戀情，其心理描寫與刻畫堪稱感性細膩，尤其是女主角柳慶子這方面，相對的，關於麻田妻邦子的著墨少，其面貌便顯得模糊了。然而佐多稻子在主題內涵方面有其企圖心，是以於麻田晉和柳慶子的愛情之間，刻意探討華僑柳慶子身分認同的矛盾心理，同時極力還原八月九日原爆的慘狀以及原爆所帶來的後遺症，藉此對原爆的種種問題，提出嚴正抗議與反省，希能引起世人的重視，這使得《樹影》超越一般的愛情故事，突破窠臼，在意義結構上取得不容忽視的成就，也因而提升其藝術價值，即便多年之後，讀來仍猶如品賞好酒，有「越陳越香」之感。

照射日本政界的黑暗面

——談松本清張《迷走地圖》

（一）具有推理元素的政治小說

　　熟悉日本現代文學的讀者一定知道，松本清張和江戶川亂步、橫溝正史同列為日本推理界的三大巨匠，其中松本清張（1909-1992）因為對以往推理小說過分拘泥於「解碼」的撲朔迷離，乃至脫離現實生活，使得故事中的人物淪為作者操弄的傀儡，失去了生命力，於是松本清張突破窠臼，大膽導入「社會性」，將推理小說與社會現象做了完美的結合，大大提升推理小說的藝術價值，進而開創嶄新的推理小說時代，對日本文壇的影響既深且遠。

　　推理小說的三大基本要素是：「何人所為？」（強調犯人的意外性）、「如何作為？」（強調犯罪手法與技巧）以及「何以作為？」（強調犯罪動機）十分重視閱讀過程的解碼趣味。推理小說依其表現方式，約可分為「本格」、「懸疑」、「社會」、「法庭」、「冷酷」等五大派別。本格派是最正統的推理小說，著重謎團和詭計的破解，提供線索讓讀者參與推理，可謂傳統推理小說的主流；懸疑

派則注重意外性，可以隱藏線索甚至可以不提供線索；法庭派乃以法庭為主要背景的推理小說；冷酷派係動作掛帥，推理的味道較淡。

　　至於社會派推理小說，大抵有以下特色：一、以寫實主義為創作基調，謎團的設計注重現實性，並取材於社會問題，再加入推理小說的元素；二、強調社會性的犯案動機，使小說本身具備批判或反省社會現象的能力；三、排除破案的「神探」，登場的解謎者多為四處奔波、努力抽絲剝繭的警察或檢察官。亦即社會派反對本格派之墮落為紙上遊戲，注重動機，批判社會現象，排斥名探，對人性有深刻的描寫。以小說論小說，諸派別之推理小說，當以社會派較有廣度和深度，藝術性最高也最耐看。松本清張的《點與線》、《天城山奇案》、《砂之器》……等，都是膾炙人口的代表作。《迷走地圖》則不像一般推理小說之先有凶案形成謎團再有破案過程，而是到了小說中段才出現主要謎團，記者作家土井因議員秘書外浦交付神秘文件，終於惹來殺身之禍，這才有著犯罪小說的意味。換言之，《迷走地圖》乃是具有推理元素、相當特別的政治小說，我們由此不難看出作者為推理小說注入社會性，積極反映時代現象，以增添作品永恆性的創作企圖。

（二）日本政治地圖越來越混迷

　　《迷走地圖》以日本東京永田町的國會生態做背景，藉由一樁政界桃色緋聞，將國會議員、秘書、司機、記者、代筆作家等的人生處境，既悲憫又嘲諷地如實描繪。小說前半多在呈現國會生態，

後半則以記者作家土井信行與內定接任首相的寺西正毅議員之秘書外浦卓郎為主軸。土井與外浦是東京大學的學長學弟，冷靜、瀟灑的外浦罹癌辭去議員秘書一職，歸建「東方開發公司」，被派往南美智利分公司，出國前外浦將保險箱文件委託土井保管，未料不久外浦於智利車禍意外身亡，土井處理受託文件時發現，這些竟是寺西議員夫人文子寫給外浦秘書的甜蜜情書，土井並未將之銷燬，反而私藏在家中外衣內裏，以備不時之需，但因消息走漏，情書遭寺西議員對手派員搜獲，土井亦慘遭殺害。結果日本政壇掀起巨大波瀾，原本內定繼任首相的寺西議員突然宣布辭去下屆執政黨總裁職務，震撼舉國上下。至於導致寺西議員下台的夫人婚外情，以及代筆作家土井之死，其真相終究還是掩蓋在「平安無事」的表象之下。松本清張此部小說題名「迷走地圖」，當有鑑於日本政界之黑暗，認為日本政治的地圖越來越混迷，也顯示有識者對於政治現況和未來發展的迷惘，的確令人反思！

（三）議員的虛偽與派閥的醜惡

《迷走地圖》之最大價值，在於照射日本政界的黑暗面，深刻批判議員的虛偽與派閥的醜惡。

議員方面以對川村正明眾議員的著墨最多。美男子般的川村，畢業於東京私立大學，倚靠議員父親餘蔭而當選，成為執政黨第三大的「板倉」派新生代議員，並且加入力主改革的「革新俱樂部」，被吹捧為國會的明日之星，咸認是未來「總理」人選。實則川村正明表裏不一，松本清張運用對比手法，予以最深刻的嘲諷。

　　川村議員三十九歲，身高一八〇公分，體重八十公斤，年輕又英俊，雖已婚，但仍對婦女充滿吸引力，選舉演說中，他意識到自己為台下婦女所凝視，無不還以深情的目光，而她們也會報以熱烈掌聲。川村利用自己的外表，讓守寡的「香花莊」旅館老闆娘岩田良江，**獻金獻身**，甘為情婦，可是當他發現更富有的對象——銀座「織部俱樂部」老闆娘佐登子，立即展開追求行動。後來，岩田良江前來幽會途中車禍送醫，川村耽心二人的關係曝光，緊急求助於資深秘書鍋屋，俟確定岩田良江死訊，焦慮的川村終於鬆了一口氣，他「低著頭，雙手摀住臉，一副哀傷的樣子，其實雙手後面卻是一張除去禍根的喜悅的臉」。

　　為了募集政治獻金，川村議員在大飯店宴會場舉辦「鼓勵茶會」，這種場合的最高潮正是主角的演說，偏偏川村腦袋空空，連字畫的落款和題句都無法讀出，於是演說稿只好委請學生運動出身的記者作家土井代筆，只是他演說時卻把提倡共產思想的「馬克斯」和「恩格斯」誤為兄弟，但由於川村擅長表演，聲淚齊下，唱作俱佳，所以「鼓勵茶會」依然十分成功，募款成果豐碩。

　　最諷刺的，莫過於川村議員對所屬派系的背叛。他原是標榜年輕、改革的「革新俱樂部」中堅份子，口口聲聲批判現任總理桂總裁和內定繼任的寺西正毅為「老人政治」的陰魂，在他們眼裏，沒有日本，沒有日本國民，僅一味追求自己的利益。表面上是充滿理想正義、高舉政治改革旗幟的議員，號稱「政黨新希望」，令人佩服、崇拜。誰料川村一聽說「銀彈充足」的桂派要推出新人在同一選區和他競選，動員現職大臣或前任大臣全力支援，使他落選。川村心想，即使向所屬的「板倉」派及「革新俱樂部」哭訴求援，恐

怕也無法與向來走金權路線的桂派抗衡，竟毫無預警地倒戈變節，投向平常列為攻擊目標的桂首相的派系去。川村此舉令「板倉」派及「革新俱樂部」的戰友們為之錯愕、憤慨，連親密的機要秘書鍋屋亦為他的「無恥」覺得噁心，乃決心求去。凡是關注政治者，對松本清張之塑造、刻畫川村正明議員的自私、虛偽，以及挖掘政黨派系鬥爭的醜惡內幕，必然心有戚戚焉。

（四）多元呈現議會文化

此外，《迷走地圖》也多元呈現議會文化，當使讀者對日本政治有進一步的認識。比如書中摘引大原省吾老秘書的「國會歲時記」，將國會之常會、臨時會、特別會、休會，會期中的每週、每日行事時程，乃至各委員會、派系會議之召開等，介紹得十分清楚；對於派系運作、組閣席次分配、政治獻金、政商掛鉤等，均多所著墨或批判，如政治獻金對於業者的意義，松本清張寫道：「在消極方面，就是保險費；積極方面，乃是對受益者的強烈期待。」可謂觀察入微，所言一針見血。書中發起組織議會「秘書聯合」的有川昌造，形容政界之殘酷卻又誘人：「凡是在永田町喝過泥水的人，總不忘這兒的滋味而又溜了回來。」或者如錦織議員的司機牧野所言：「人生和政治一樣，對一吋之前的事是無法預知的。」莫不發人深省。

不過《迷走地圖》最令人印象深刻的是，敘述議員身邊秘書和司機的苦楚，當中以丸山耕一議員的首席秘書有川和司機福井為代表。像有川就告訴宮下正則議員的第一秘書木澤：「總之所謂的議

員就好似女人心一般的善變，甚且有過之而無不及。譬如昨天說過的話，今天就可以不算數。……這時最受不了的就是我們秘書了。譬如到處答應人家的集會，臨時卻因個人因素而不能如期參加，去磕頭賠不是的都是我們，就算心裏頭不痛快也不敢吭一聲，為了養活一家老小也只有忍氣吞聲了。」再如長時間值勤或加班的司機福井，每當丸山議員要去打高爾夫球時，福井必須在四點半天未亮時起床，有時甚至要到深夜一兩點鐘才能回家，太太一定不給好臉色看，那丸山議員慰勞性質的小費就微不足道了。這些人在議員龐大的陰影下討生活，著實令人同情，而我們也因此對議會的周邊生態，有了進一層的認識與了解。這可以說是《迷走地圖》十分出色的文化語碼（cultural code），使全書顯得更加有血有肉。

（五）小說結構首尾呼應

在寫作表現上，松本清張刻意添加文學趣味，提高可讀性，如印刷「國會歲時記」的老秘書大原省吾，在每則單調刻板的歲時記之末都附上「俳句」（由五、七、五共十七字音所組成的日本式短詩），不禁讓人聯想起《砂之器》中平時喜歡創作俳句的今西刑警；再如老鷹般獵取情報卻又看來邋遢的院內報記者西田八郎，竟然讀詩、寫詩，視「詩」為精神食糧，還拿出生活費來印行同人詩刊《季節風》，聊慰自己生活黑暗的一面，使他活得有意義，不免令人為之莞爾。

小說結構方面，《迷走地圖》首尾呼應，足見作者之匠心獨運。小說的第一幕和最後一幕都是拿著麥克風的導遊小姐為遊覽車

的觀光客介紹日本的政治中樞神經地帶——政府及議會所在的「永
田町」，暗示著，政壇這令人厭惡的一切並不會有任何改變，只是
年復一年，不斷地循環下去。作者復以〈春之朝〉詩句「望望永田
町初冬的風景，感覺有如優閒的春天一般」作結，恰與政壇的「暗
潮洶湧」形成強烈的嘲諷。而《迷走地圖》明顯的缺失則是許多敘
述文字一再重複，意在交代前情，此恐怕與原著最先在《朝日新
聞》長期連載，為便於讀者了解劇情發展有關。成書時如將這些重
複的敘述文字省略，全書之敘事結構必然更佳。

（六）缺乏心靈向上提升的力量

　　嚴格講，《迷走地圖》的政治小說色彩顯然要比推理小說來得
鮮明。關於政治小說，往往是作者欲透過文字表達強烈企圖，期對
政治問題提出針砭。事實上，小說家如果想透過虛構故事達到政治
改革的目的，此無異於緣木求魚。既然政治小說「無用」，作者又
何必書寫？關注臺灣政治小說的文學研究者邱貴芬指出，因為「政
治小說」最終企圖不只是在反映現實的齟齬與困窘，更在於探索超
越現實的人生情境，創造現實之外的另一層豐富空間。若果「文
學」最大的功用在於發揮人類想像力，創造超脫現實局限的空間，
那麼「政治小說」當然不是「政治實踐」，而更是「文學實踐」。
由此觀之，《迷走地圖》固然照射出日本政界的黑暗面，卻因無力
扭轉改變，且眾多小說人物依舊身陷困境之中，缺乏使人心靈向上
提升的力量，是以松本清張《迷走地圖》可說尚未達到政治小說的
高超境界。

代溝的衝突與悲哀
──談遠藤周作《父親》

（一）以家庭親情為焦點

遠藤周作（1923-1996），東京人，畢業於慶應大學，曾留學法國，是當代日本重要小說家之一，和夏目漱石、志賀直哉、吉川英治、川端康成等並列。遠藤周作於三十二歲那年，以〈白人〉獲芥川獎，旋以《沈默》獲谷崎潤一郎獎，廣為文壇所肯定，在日本家喻戶曉，擁有廣大的讀者群。一九九五年，日本政府為表彰遠藤周作在文學上的傑出貢獻，特頒予文化界最高的榮譽──日本文化勳章。遠藤周作本身是天主教徒，不少作品因主題強調靈魂的渴望與宗教性的救贖，充滿道德意識，被讚譽為日本天主教文學的先驅或奠基者，為當時的西方宗教，尤其是天主教文化，帶來了新的光亮。不過，遠藤周作的長篇小說《父親》，並未去探索或反省宗教的存在意義，而是將焦點放在家庭親情上，呈現代溝的衝突與悲哀，讓人讀之心有戚戚焉。

（二）由隔閡至諒解

　　《父親》的敘事大意是，在東京都化妝品公司擔任開發暨宣傳部經理的石井菊次，五十六歲，打算在退休後，偕妻於京都郊外建屋養老。眼前兒子公一尚在大學就讀，喜愛爵士樂，有時會參與學生運動，令他擔心；女兒純子大學英文系畢業，到學長開設的公司上班，工作內容是幫上了年紀的男士會員選購衣物及搭配服飾，是一種名為「服裝顧問」的新興服務業，父親菊次對這種工作感到不解，也透露鄙意，然純子受到許多社會名流的歡迎，頗為樂在其中。

　　家裏為純子安排相親，女兒卻看不上眼。純子原本自我要求，不與客戶有私人往來，終因無法抵擋三十五歲的年輕企業家「宗良造」鍥而不捨的追求而墜入愛河，唯良造已婚，與妻分居且育有一子一女。菊次得知此事，大為震怒，指責女兒觀念錯誤，同時因良造的妻子正是菊次大學時代暗戀對象的女兒，使得傷心的菊次立場更是尷尬、難堪。純子一意孤行，索性離家在外賃居，俟良造辦妥離婚手續隨即另組家庭。

　　菊次約見良造，希其與女兒分手而未果。後來，良造難捨一對年幼的兒女，離婚手續一再拖延，加上分居的太太陽子車禍住院開刀，良造前去照料，夫妻因而破鏡重圓。於是被拋棄的純子只好一個人到盛岡旅行，治療情傷。工作不順、提前辦理退休的菊次，覺得女兒可憐，倍感心疼，立即趕至盛岡接回女兒。心情低落的純子見到父親，既驚喜又感動，為自己的任性向父親道歉，父女之間也取得了諒解。

（三）代溝的衝突

　　《父親》主要的衝突，追本溯源，來自上一代與下一代之間難以跨越的思想鴻溝。

　　石井菊次經歷過二戰，不願看到社會功利主義囂張，以及人們為財為利忘了良心，忘了本，他要喚醒年輕人努力工作，畢竟工作本身的成就感與榮譽感，遠比賺錢獲利快樂得多！對於戰後一代的思想、行事，菊次每每難以苟同。菊次看不慣年輕的一輩，自以為是，從不退一步替別人著想。他要求屬下做人做事要堅守原則、有條有理，同仁私下都半嘲諷式地稱他：「原則」經理。至於家中，菊次認為兒子公一喜愛的爵士樂，「嘩啦嘩啦活像有人敲著鉛桶打轉，又吵又鬧」；女兒純子擔任中老年人的「服裝顧問」，令菊次皺眉，認為這是「無聊」的工作。諸如此類，形成了長官與部屬、父母與子女間的代溝。

　　男女交往觀念上的不同，更造成菊次跟女兒純子之間強烈的衝突。菊次認為，向已訂婚的異性表示愛意是卑鄙的行為，純子的想法則是，只訂婚又沒結婚，因對方訂婚而退縮，未免太沒勇氣了。又，如果無法自制地愛上別人的丈夫或妻子，菊次認為，這是沒有良知，是不道德的，一定要付出代價，自請其罪，自受其罰。年輕一代的純子則不然，她主張愛情第一，所謂「男女婚姻就像門鎖與鑰匙的配合，配錯了鑰匙打不開門，應該馬上另找一支來開門」。她反問自己：一個有妻室的男人，如果夫妻感情破裂，重新再去找一個值得愛的人，不可以嗎？世上有很多貌合神離的夫妻，他們無可奈何地過著得過且過的日子，是因為他們沒有突破的精神，缺乏

改善求新的意志嗎？即連感情上遭對方背棄，純子仍自己騙自己：
「我可是到被他遺棄的最後一秒鐘都還愛著他，我為自己的鍾情感
到驕傲，我沒背棄人。」當純子的不倫戀宣告結束，父親菊次點醒
女兒：「你認為全心全意去愛你想愛的人是忠於自己的感情，你對
自己的想法太有自信，而無法聽取別人的意見。」純子在乘船看了
怒海的狂風大浪後，悶氣似乎都發洩出去了，她告訴父親：「現在
心裡很平靜，一點兒也不覺難過哩。」以上在在顯示，遠藤周作觀
察之細膩，可以說將社會職場以及父母子女間的代溝，清晰地呈現
出來。

（四）父親對女兒的懸念

《父親》內容最值一提的是，遠藤周作對於菊次內心的矛盾，
著墨甚多，比如大學時代的女友山內節子提到，每次有人來給女兒
提親，丈夫總是嫌這嫌那的把人給退掉，菊次頗有同感，呼應節
子：「我啊，我一方面希望女兒能趕快找到對象，一方面又怕她被
人搶走，可以說心裏很矛盾。」他常想，兒子跟女兒不同，女兒不
能不嫁人，想到有一天不知會從哪兒冒出一個男子，不客氣地奪去
他這顆掌上明珠，除了不甘心之外，他很想利用這段還沒被人奪去
的時間，多製造一些美好的回憶。菊次就跟全天下的父親一樣，總
覺得自己的女兒最美最可愛，多麼希望女兒永遠這麼天真，他拒絕
接受女兒已經長大與成熟的事實，不願承認女兒已經不是喜歡唱
「穿紅鞋子的小女孩」的小女生了。可是，女兒終究長大成人了，
想法也跟自己大不相同，當他得知女兒似乎有了意中人，此後面對

女兒竟變得緊張不自在，有些傷心又有些寂寞，那複雜的感情實在無可言喻。菊次擔心女兒為了愛情，失去理性，失去做人的原則。等到女兒明白表示已經有了心上人，菊次彷彿接受一道無情的宣告，想著女兒即將離他而去！書中，菊次一再譬喻，自己就像莎士比亞四大悲劇之一《李爾王》那年老的國王，把國土分給女兒們，詎料遜位後，被大女兒二女兒所虐待，導致於暴風雨中發瘋；么女聽聞父王受虐，領兵欲救卻兵敗遭擒、遇害，李爾王亦傷心死去。這個故事敘述家庭糾紛，也揭發人性中最荒涼的一面。菊次內心那種身為人父而遭子女離棄的悲哀感，由此可見一斑。

女兒純子罔顧道德倫理，一心投入已婚男人的懷抱，菊次傷心至極，傷心女兒為了一個新認識的男人，竟然不顧二十多年來的養育之恩。在氣惱的菊次眼中，女兒已經成了「瘋狂」、「完全陌生」的女人了。菊次堅決反對女兒跟有婦之夫交往，亦對搶走女兒的心的自私男人充滿敵意，可是當良造決定和純子分手，回到妻子身邊，菊次卻一點也不高興，反而生氣地告訴良造：「當然囉，心裏當然希望她能跟你分手。我不希望女兒把自己的幸福建立在別人的犧牲和痛苦上面。只是，……只是純子太可憐了。」他為女兒這樣被隨便擺佈、愚弄而難過，又說：「我疼她，愛她，希望她能快樂，能幸福。可憐這位父親看到的卻是女兒的不幸。你說我能不心疼，不發瘋？你到底有沒有替我想過？」菊次想到失戀的女兒獨自旅行的孤單寂寞，內心百般不捨，立即大老遠趕去接回自己的心肝寶貝。

《父親》裏面，父親對於長大後即將離開自己身邊的女兒那種不捨的微妙心理，相信是許多為人父者的共同心聲，當能引起迴響

或共鳴。

（五）瑕不掩瑜

　　遠藤周作的《父親》，透過心理描寫技巧，塑造父親的角色，可謂十分深刻、成功。作者也運用對比手法，凸顯不同世代之間觀念的差異。菊次當然堅持原則，自認想法沒錯，觀念偏差的是年輕人或是其他追求功利者，然而菊次屬下野口的背叛，應讓他有所反省，畢竟「老經驗」也會看走眼的。高中及大學都和菊次同校的野口，健康活潑，待人彬彬有禮，處事積極能幹，讓菊次十分賞識，甚至於認為是理想的女婿對象。沒想到，野口為了向上爬升，和業務部林經理及金田常董串通，甘被利用，洩露業務機密給同行，出賣了菊次，迫使菊次心灰意冷，提前退休。被最親近、信賴的人所背叛，怎不諷刺！所以，純子回到家，應該比較了解自己的父親，能夠領受父親的深愛；而菊次亦不至於再像以前一樣固執己見，願意傾聽年輕人的心聲或是接受子女的意見吧？

　　《父親》探討的主題令人深思再三，雖然故事的情節安排過於巧合，太戲劇化，諸如菊次到餐廳喝酒，聽見鄰座的兩位少婦的談話，其中一位竟然剛好是女兒純子外遇對象的髮妻，且這少婦又是菊次大學時代女友的親生女兒，讓人感覺世界似乎太小了些。然瑕不掩瑜，整體言，《父親》兼具故事性和思想性，確是一部通俗而不庸俗、好看又值得回味的小說。

在商業與藝術之間

——看渡邊淳一《無影燈》的文學表現

（一）兼顧商業與藝術

　　純文學和大眾文學是否一定涇渭分明？文學作品之商業與藝術是否必然互相對立？純文學一定「不好看」嗎？大眾文學就欠缺雋永的內涵嗎？這是文學表現上值得思索的問題。而日本小說家渡邊淳一的作品，無疑設法在商業與藝術之間取得了某種平衡，帶給人閱讀的樂趣，以及對於人生與社會的種種反省。

　　渡邊淳一（1933-）出生於北海道，札幌醫科大學畢業，也是醫學博士，曾任整型外科醫生，後來他對醫院的工作與生態深感不滿，於是轉換人生跑道，改而從事文學創作，成績斐然。一九六五年以〈死化妝〉獲得新潮同仁雜誌小說獎，一九七〇年的〈光和影〉榮獲直木賞，之後又陸續發表《遠方的落日》、《長崎俄羅斯遊女館》等，都受到讀者歡迎。綜觀之，渡邊淳一的小說，觀察人生，剖析人性，頗具北國特有的內向性、求心性，寫作手法華麗而細緻，能夠兼顧到商業與藝術。其以外科醫生為故事主角的《無影

燈》，即是絕佳的例子。

（二）具有解碼趣味

　　《無影燈》是日劇《白影》的原著小說，故事發生在日本東京一家私立醫院，著名醫學院的年輕講師直江庸介，是優秀、傑出的外科醫生，原本在大學任教，前程似錦，卻突然放棄一切，辭去大學工作，屈就於私立東方醫院，令人不解。英俊、高傲的外表和高超的醫術，很快使他贏得院方的信賴和眾多女性的垂青。直江大夫縱情酒色，資深女護士志村倫子卻一往情深，心甘情願地獻身於他。只是，直江大夫堅持不結婚、經常拍攝自己骨頭的 X 光片、為自己注射麻藥……等，使得倫子和周遭的人都對直江大夫謎般的過往與私生活充滿疑惑、好奇。猶如日本社會派之推理小說，直到結尾才真相大白，有著層層解開「疑問語碼」（Hermeneutic Code）的趣味。

　　後來，志村倫子懷了直江的骨肉，直江大夫卻返回故鄉北海道，於支笏湖投水自盡。直江大夫留給倫子的遺書寫道，不管是否願意生下孩子，都可自由使用他的存款。原來，直江罹患「多發性骨髓症」，自知無法勝任繁重的醫學院工作，深怕誤人子弟，所以決定退下。雖一時控制病勢，終因癌細胞擴散，病痛加劇，於是猛喝酒、打麻藥，藉著性愛暫時忘卻死亡的恐懼和威脅。直到死期逼近，自己結束生命。這正是直江不結婚、不敢愛倫子的原因。

　　「無影燈」是外科手術室的照明燈，這部小說描述的，正是外科醫生的故事，是以名曰《無影燈》。小說的結尾，志村倫子回到

外科手術室,想起和直江大夫一起工作的情形,在澈亮的無影燈下,他們都是「無影人」,這意象呼應了全篇,也象徵著彼此生命的不完整,令人喟然。

　　整體而言,《無影燈》充滿懸疑性,故事曲折引人入勝,文字優美,對話生動,而且主角直江庸介大夫人物性格的塑造以及全民醫療問題的探討,乃是《無影燈》文學表現最成功之處。

(三) 冷酷與慈悲

　　直江大夫是《無影燈》的靈魂人物,整部小說以直江大夫為核心,其主題意涵也經由直江大夫的人物塑造而顯現出來。

　　從公立醫學院轉至私立東方醫院任職的外科名醫直江庸介,行事低調卻又我行我素,摒棄世俗,充滿神秘感,他個性陰鬱、高傲,對同事態度冷淡,值夜班時會溜出醫院喝酒,上白天班又經常遲到,可以說是「怪人」一個,東方醫院行田院長的情婦小真,對直江大夫的形容最為貼切,說他「給人的感覺跟那些白色骨頭一樣,冰冷、無表情、乾澀、不容易親近」。按理說,直江大夫應該人緣不佳,然因外貌英俊,醫術高超,獲得院長、同事的信賴,所以醫院絕大多數護士還是偷偷喜歡,甚至於崇拜直江大夫,尤其資深護士志村倫子更是以身相許而無怨無悔。

　　渡邊淳一運用各種事件,將直江大夫塑造為個性獨特的外科醫生,令人印象深刻。比如警方於深夜送醉酒打架臉部被酒瓶割傷流血的流氓戶田到院急診,因戶田大吵大鬧,難以制伏,直江大夫見傷痕不深,並無立即性的生命危險,說道:「我不醫治酒瘋子。」

索性要警察將流氓關入女廁所，讓他一個人在廁所內吵鬧、流血，如此弄髒了也好清洗。直江大夫表示，流血到一個程度，自然會停住，等到無力吼叫，安靜下來了，再替傷者進行縫合手術。大家認為，直江大夫這麼做，沒良心，實在太過分也太草率了，恐怕會引起公憤。他卻堅持，患者難纏，不得不採取此一緊急措施。直江大夫臨事之膽大、鎮靜，讓人佩服。

更關鍵的是，對於醫療專業，直江大夫有其「異乎常理」的見解和作法，往往讓充滿理想的東方醫院另一位年輕外科醫師小橋難以接受，為此發生激烈爭辯，兩人形成強烈對比，正好凸顯直江大夫的鮮明性格，比如「假開刀」、「假輸血」事件即是。罹患胃癌的石倉由藏老伯，癌細胞已侵害到胰臟，頂多只剩兩個月壽命，不知病情真相的石倉卻滿懷希望，央求開刀割去病灶，直江大夫不忍心告訴他開刀無用，甚至會提早死亡，但為了讓他確信醫生確實已經盡力，如此才心安、了無遺憾，直江大夫毅然決定開刀，但「只剖腹，不手術」，這對病人體力沒多大影響，倒是可以發生很大的心理治療作用。石倉終於在騙局裏安靜詳和地死去。直江大夫認為，這樣的作法和結果，對癌症患者最好，小橋大夫則反對「善意的欺騙」，說此乃愚弄病人的不道德行為，所以連查病房時也刻意略過石倉，堅持留給直江大夫自己去查。

再者是罹患「再生障礙性貧血」絕症的上野幸吉老先生，其治療的唯一方法就是不斷輸血，但也只能暫時保住生命，不可能治好。當健保單位不再同意給付輸血費用，直江大夫不忍心讓窮苦的上野老先生眼睜睜看著自己因為沒錢買血而病死，於是想出「假輸血」的辦法，改為打點滴，然後加入紅色液狀止血劑，把葡萄糖液

染成紅色，騙病人說那是血，讓他認命而毫無怨言地接受「死亡」。小橋大夫表示，這是「作弊」促人早死，而醫生的天職是要救活病人，竭盡所能延長病人生命，豈可反而當「殺手」？最後，「假輸血」的上野幸吉病故，上野遺孀對於丈夫生前能夠「受到那麼好的照顧和醫療」，滿懷感激之情，原本不認同直江的小橋大夫有感而發：「也許我們那樣做是沒錯的。」由此看來，直江大夫的作法或許有可議之處，卻也見仁見智，不能說一定不對；同時，為讀者留下了沉思、反芻的空間。

所以說，直江大夫表面看似冷酷無情，實際上，他設法減輕病人的痛苦，讓病人能夠安詳、無憾地離開人世，顯示他對於病人有其不同於世俗的、慈悲的一面。當然，渡邊淳一的醫學背景應是直江大夫人物塑造之所以成功的重要因素，特別是醫療過程與心理之描述，極具真實感，在在提升小說人物的說服力。

（四）全民醫療制度的反思

此外，《無影燈》透過私立東方醫院醫師、護士、病人所呈現的全民醫療問題，堪稱本書內容的一大特色。

全民健保本是政府德政，然政策執行之後，面臨許多不合理的現實。比如給付標準過低，導致不開刀放著會死掉的急性盲腸炎，手術費低到不夠兩個人到大飯店吃一頓飯，逼使醫生不得不動歪腦筋，在盲腸炎病人開刀前和開刀後，打些可以打也可以不打的針，順便開些可以吃也可以不吃的藥。既然大醫院經營困難，便宜的健保病房少而補收差額的自費病房多，就成為一般醫院的常態了。直

江大夫告訴須補繳病房差額的上野太太，現在的日本人，日子過得最輕鬆的是最有錢和最沒錢的人，他說：「現今的社會有一點兒錢的人最吃虧了。要嘛就多一點，不然乾脆做個沒收入的貧民。真正沒錢的人只要向生活舉起白旗，政府就會出錢養你，有病也會醫你，最有保障了。」

　　至於東方醫院院長行田祐太郎，雖然唯利是圖又有午妻，令人厭惡至極，不過作者藉由祐太郎之口，指陳不少醫療制度問題，比如他向同業感嘆：「技術不高明，一次手術做不好，還要做第二次第三次手術的笨蛋醫生，反而可以多報幾次手術多領幾次錢，我們的制度是在鼓勵壞醫生。」又說：「昨天剛畢業的年輕醫師和累積二十年經驗的老醫生，收取手術費的標準一樣，你說合不合理？」他還提到「護士荒」，替護士抱不平，認為就工作性質和內容來說，護士的待遇是差了些，他進一步說明：「不是工作時間的長短，而是責任與技術的問題。當護士要有技術，還要擔負責任，當然待遇要比一般職業高些才合理。」這關乎醫療保險制度的種種，莫不值得省思。而醫療保險和醫院經營等問題的反映，當為學醫出身的渡邊淳一長期體驗與觀察所得，對較晚實施全民健康保險的臺灣來說，應極具參考價值。就文學表現言，這也是文學結構主義所謂的「文化語碼」（Cultural Code），使本書別具風格。

（五）通俗而不媚俗

　　到了一九九五年，渡邊淳一發表長篇小說《失樂園》，大膽而露骨地描寫已婚中年男女不倫戀的純愛、靈魂和肉體的耽溺與掙

扎,最後男女主角就在愛的巔峰時一起服毒殉道。此驚世駭俗之作引起廣大迴響,相繼被拍攝成電視連續劇和電影,掀起一片「失樂園」熱潮,也讓渡邊淳一成為話題作家。二○○四年,有「寫情聖手」之譽的渡邊淳一推出《愛的流放地》,極力描繪達到忘我境地的「終極之愛」,寫陷入困頓的作家與有三個孩子的家庭主婦之間的不倫戀情,當這對男女在愛到極致時,男方不由自主地掐死女方,點出「愛慾與死亡的貼近性」,也認為「死」對人類來說是最大的恐怖,而能夠與之對抗的,唯有「愛」。此書再度造成轟動,無法認同渡邊淳一強烈表現方式的讀者,批評他是「老變態」。似乎,「愛與性」、「情與色」成為渡邊淳一小說的「永恆主題」,此難免予人作者向「商業」靠攏傾斜以及一再重複「類型」的憂慮。其實,性愛情色之描寫過於直接、用力,無法帶來感動,反而未如早期《無影燈》點到為止的饒富餘韻。

　　雖然渡邊淳一自言,從來沒有考慮自己的文學地位,只是一意寫他自己的東西。不過,在商業與藝術之間怎樣拿捏得宜?如何通俗而不媚俗?應還是以「中間作家」著稱的渡邊淳一必須正視的課題吧?

充滿現代時尚感

——談村上春樹的數字修辭

（一）詮釋現代人莫名的感受

　　日本作家村上春樹（1949-）畢業於早稻田大學戲劇系，長期接受歐美文化薰陶，自一九七九年以第一部長篇小說《聽風的歌》獲得「群像新人賞」，此後筆耕不輟，每年至少推出一部新作，文類包括小說、遊記、雜文等，此外亦從事美國小說譯介，被推舉為最具都市感受性、最能掌握時代特色與節奏感的作家，咸認是日本「八〇年代文學旗手」，一直擁有廣大、忠誠的「村上迷」。值得一提的是，村上於一九八七年出版長篇小說《挪威的森林》，締造上下兩冊售出四百萬本以上的暢銷紀錄。根據日本《朝日新聞》於二〇〇〇年舉行的「千年以來日本文學家」全民票選活動，村上春樹得票數位居第十二名，在現存日本作家中高居首位，其受重視之程度，由此可見一斑。甚至於村上作品所呈現的風格和感覺，已經變成一種意識型態式的形容詞，常被用來詮釋現代人莫名的感受，於是會看到廣告詞上寫著：某人的音樂或作品「很村上」等等。

（二）村上春樹作品特色

一位純文學作家能夠吸引這麼多的讀者，進而形成受矚目的文化現象，當然作品有其奧妙之處。一般而言，村上春樹作品的風格與特色，可歸納為：一、小說中的主角大多沒有名字；二、小說具有童話氣氛；三、作品中出現大量數目字；四、小說裏充斥物質、商品名稱；五、刻意的封閉性，拒絕社會化。綜觀之，村上特有的修辭法，是形成作品風格的重要因素。村上的譬喻運用，往往天馬行空，即使這種隱喻方式不在讀者經驗範圍之內，然語彙本身即能營造畫面，這種現實和幻想互相交錯、融合的文字表情，以及對所有事情抱持「無可無不可」的人生態度，或許正好表達出現代人內心說不出的感覺，如此反而令村上迷愛不釋手。雖然作品中的敘述者——「我」的年代和當下年輕的一代，已有時空距離，但村上文學所呈現的某種人格特質和心情，依然和這一代的屬性相契合。尤其村上春樹喜用數字來表現一種狀況或概念，此種修辭方式堪稱一絕。

（三）數字修辭的運用與意涵

其實，運用數字來修辭，是古今中外常見的寫作手法，以中國古典文學言，這樣的例子不勝枚舉，如盛唐李白七絕〈望廬山瀑布〉句「飛流直下三千尺，疑是銀河落九天」；宋代葉清臣詞〈賀聖朝〉句「三分春色二分愁，更一分風雨」；再看明朝湯顯祖雜劇《牡丹亭》曲〈杜麗娘把酒送柳夢梅赴臨安取試〉，嵌入一至十之

數字:「一宵恩愛,被功名二字驚開。好開懷這御酒三杯,放著四
嬋娟人月在。立朝馬五朝門外,聽六街裏喧傳人氣慨。七步才,磴
上了寒宮八寶台。沉醉了九重春色,便看花十里歸來。」又如清代
「揚州八怪」之一的鄭板橋〈詠雪〉詩:「一片二片三四片,五六
七八九十片,千片萬片無數片,飛入蘆花總不見。」巧妙運用了
一二三四五六七八九十等數字,貼切描寫一個風雪漫天的日
子。以上這些數字的運用,讓作品更加生動,增添不少文學趣
味。村上春樹深諳數字修辭之奧妙,翻陳出新,手法充滿現代、時
尚感,毋怪乎贏得新世代年輕讀者的喜愛。以下即是令人讀了兩眼
為之一亮的例子。

　　《聽風的歌》的我,和綽號「老鼠」的友人,花了一整個夏
天,「喝乾了二十五公尺長游泳池整池那麼多的啤酒。剝掉可以鋪
滿『傑氏酒吧』地板五公分厚的花生殼」;「我」更養成一種奇妙
的怪癖,就是一切事物非要換算成數值不可,一上電車就先開始算
乘客的人數,算階梯的級數,只要一閒下來便數著脈搏,所以「根
據當時的記錄,一九六九年八月十五日到次年四月三十日為止的期
間內,我一共去上三五八節課,做愛五十四次,抽了六九二一根香
煙」。〈下午最後一片草坪〉的「我」,在另結新歡的女友來信通
知分手後,「搖搖頭抽了六根煙,到外面去喝罐頭啤酒,回到房間
再抽煙。然後把桌上放著的三根 HB 長鉛筆折斷」。〈義大利麵之
年〉正躺在榻榻米上盯著天花板出神的「我」,聽見「震動著百分
之百現實空氣的百分之百的電話鈴聲」。〈四月某個晴朗的早晨遇
見 100% 的女孩〉的「我」,從五十公尺外就已經非常肯定,她
正是心目中 100% 的女孩,而兩人越走越近,可能性正敲響心

門，「我和她之間的距離，已經只剩下十五公尺了」。〈睏〉中勉為其難陪女友出席結婚典禮的「我」，無聊極了，「喝完第二杯咖啡、抽完第二根香煙，打了第三十六次呵欠」。〈沒落王國〉的「我」，形容跟他同年的那位姓 Q 的，「比我長得英俊瀟灑 570 倍，個性又好，又不會向別人炫耀，也不驕傲」。

像這種數字修辭的例子，在村上春樹作品中俯拾即是。看來新鮮有趣，似乎未蘊含特殊意義，但它確實已形成其寫作之一大特色。據研究指出，村上春樹作品不斷出現極為零碎的數目字，有可能是為了強調或者填補小說主角心靈空虛、無目的、遠離人間的邊緣生活；另方面也可以說，這些接近無意義的數字，代表著作者對現實社會的一種不滿與微弱的抗議。當然，上述觀點恐怕見仁見智，沒有定論。

（四）影響深遠而多元

村上春樹的數字修辭，影響力幾乎無遠弗屆，在華人世界同樣擁有許多粉絲，連藝術創作者也頗受影響。香港大導演王家衛和國內本土創作歌手伍佰，就將村上式的數字修辭運用得讓人津津樂道，如王家衛《重慶森林》裡，主角金城武有這樣一段令人難忘的台詞：「如果記憶是一個罐頭，我希望這個罐頭不會過期；如果一定要加一個日子的話，我希望是一萬年。」又說：「我們最接近的時候，我和她之間的距離只有 0.01 公分。」而王家衛電影裏最經典的數字場景，是在《阿飛正傳》，張國榮急著要和張曼玉交朋友，想出「看著我的手錶」的追求術，一頭霧水的張曼玉問他：

「幹嘛要看著你的手錶？」張國榮故弄玄虛地說：「就一分鐘。」自認一分鐘很快就過去的張曼玉於是耐著性子等了一分鐘，然後說：「時間到了，說吧。」眼看張曼玉已經上鉤，張國榮進一步追問：「今天幾號了？」張曼玉答：「十六號。」接下來，張國榮如是說：「十六號，四月十六號，一九六○年四月十六號下午三點之前的一分鐘你和我在一起，因為你，我會記住這一分鐘。從現在開始我們就是一分鐘的朋友，這是事實，你改變不了，因為已經過去了。我明天會再來。」這不是很「村上」嗎？臺灣歌手伍佰更不諱言自己是標準村上迷，不只創作了跟村上暢銷小說完全同名的〈挪威的森林〉詞曲（村上春樹則喜愛英國樂團「披頭四」名曲〈挪威的森林〉），而且高唱〈愛你一萬年〉，以及創作詞曲〈199 玫瑰〉，果然相當「村上」！

　　儘管村上春樹已數次列入諾貝爾文學獎候選名單，卻因中產階級色彩濃厚，比起其他有時代、性別或種族、社會衝突議題的作家，顯得不夠「政治正確」，小說主題內容又較「輕」、較「弱」，於是一再與諾貝爾文學獎擦身而過。但作品受到讀者歡迎，且修辭特色形成文化氣候，在在證明村上春樹文學之魔力，相較於普遍寂寞的寫作者，村上春樹可以無憾矣。

孤獨、失落與悲哀

——談村上春樹《挪威的森林》之

象徵符碼

　　人的思想都有結構的概念，其間的系統亦隱然可見，依結構主義的觀點，作品裏某些字句與描寫雖是具體的呈現，但往往隱含某些意義，把這些有意義的文字或描述組列之後，它們便會共同指向比較抽象的意義。有「八○年代文學旗手」之譽的日本作家村上春樹，就喜歡運用記號或符碼，賦予作品象徵性，而眾多村上迷最愛、最暢銷的長篇小說《挪威的森林》之象徵符碼，說中了現代人內心某些隱微幽深的部分，引人深思、反省。

（一）歌曲〈挪威的森林〉

　　《挪威的森林》之命名，來自披頭四名曲〈挪威的森林〉（Norwegian Wood），因為這是女主角之一的直子最喜歡的一首歌。小說的開頭是主人翁渡邊在德國漢堡機場聽見此曲，因而憶起十八年前自己與「直子」和「綠」兩位女子交往的經過。

〈挪威的森林〉的歌詞內容，是敘述一名男孩以為在街上很順利結交到一名女孩，最後卻被對方甩了的悲傷故事。原本男孩高高興興要去女孩家，參觀像挪威森林一樣的女孩房間，結果隔了一晚，醒來一看，房裏早已空無一物，不見伊人芳蹤。那房間就像挪威的森林一般，冷冷清清。仔細回想，昨夜讓自己如此心動不已的，究竟是什麼？該不會只是自己喝醉了所做的一場夢而已？那位令人魂牽夢縈的女孩，是不是就像都會中微弱的螢火，轉瞬間就消失無蹤？

小說中，〈挪威的森林〉一曲不斷地響起，包括開頭的漢堡機場、療養院「阿美寮」直子室友玲子姊的吉他彈奏，乃至直子死後，玲子姊與渡邊二人幫直子舉行一個別開生面的、不寂寞的葬禮，玲子姊為直子彈奏了五十首曲子，包括兩遍的〈挪威的森林〉。這悲傷的歌是小說的開始與結束，呼應直子陰鬱悲觀的個性，也暗示著故事的結局。小說的最後，渡邊仍像置身於茂密森林，一個人體驗著殘存的孤獨況味。《挪威的森林》中令人感到悲哀的，不只是戀人的死亡或是身旁親近的人相繼離去，更是指涉生活裏的悲哀、愛的記憶以及逝去的青春歲月，似乎都像是夢中所見，在故事的盡頭，溶入無盡的黑暗之中。這種孤獨、失落與悲哀，正是村上春樹文學的主題特色，唯未能使讀者產生向上提升的精神力量，難免讓人悵然若失。

（二）小説《魔山》

女主角直子因無法擺脫青梅竹馬男友 Kizuki 自盡的陰影，長

期為精神病所擾，不得不向大學辦理休學，去京都深山中的「阿美寮」專心養病，而且棲身不出。這深山的療養院，猶如托瑪斯‧曼名著《魔山》的肺結核療養院。

《魔山》（原名：*Der Zauberberg*），是德國作家托瑪斯‧曼的經典名著，發表於一九二四年。故事主人翁漢斯‧卡斯托普（Hans Castorp）是年輕的德國大學畢業生，來到瑞士阿爾卑斯山達沃斯山莊一間名為 Berghof 的肺結核療養院，探訪住院的表兄弟約阿希姆（Joachim）。卡斯托普原只打算逗留三週，未料當地的醫生診斷出他罹患肺結核，必須住在魔山裡治療，結果一住就是七年。療養期間，卡斯托普遇到院中各式各樣最頂尖的知識分子，藉由他們超凡的智慧，描述當時歐洲社會各種思潮，包含人道主義者、無政府主張者及極端主義者的辯論，富於哲理的深蘊，認真思索生與死、健康與疾病、肉體與精神、空間與時間等一系列問題，而且寓予西方世界精神寫照的象徵意義。七年後，卡斯托普病癒，走下魔山，在愛國精神的感召下，參加了第一次世界大戰。

《挪威的森林》的直子因病住進阿美寮，渡邊去探望之前，先閱讀《魔山》，來到阿美寮，亦隨身帶著《魔山》，玲子姊發現後，吃驚地問他：「為什麼特地把這種書帶到這種地方？」在阿美寮，患者跟工作人員好像全部可以交換的樣子，令無法辨別同異的渡邊訝異不已，因為患者們在這裏並不是為了矯正歪斜，而是為了適應歪斜，所謂「正常」與「不正常」之間，在阿美寮變得十分模糊。當然，渡邊還是慢慢觀察出患者與工作人員的不同。當渡邊離開阿美寮，看到身穿黃色雨衣的患者，覺得他們「好像只被允許在雨天的早晨在地面徘徊的特殊鬼魂似的」，認為這兒是個不可思議

的小世界。遺憾的是，直子終究想不開，未能克服心理難關，走出
阿美寮；所幸待了多年的玲子終於跟《魔山》的卡斯托普一樣，病
好後下了魔山，離開阿美寮，重新回到「正常」的社會。

　　渡邊到阿美寮探視直子的篇幅，只是全書十一章之中的第六
章，沒有《魔山》那樣的規模和內容，卻帶給讀者「神話」般的感
覺，猶如做了一場魔幻的夢。作者似乎藉此暗示著，表面往往只是
假象，背後的真實則有待發現。而在這個光怪陸離的世界，到底誰
才是「正常」的呢？怎不令人深思！

（三）井

　　渡邊一直忘不了直子告訴他，關於草原上有一口真的很深的
井，彷如大地忽然打開的黑暗洞穴，被草巧妙地覆蓋隱藏著，周圍
既沒有柵欄，也沒有稍微高起的井邊砌石，這神秘的井，深得可
怕，而且被全世界各種黑暗所熬成的濃密黑暗所充塞著。但誰也不
確切知道，這「井」在什麼地方？不小心掉下去的話，將死得很
慘，直子如此形容：「如果脖子就那樣骨折，很乾脆地死掉倒還
好，萬一只是扭傷腳就一點辦法都沒有了。就算再怎麼大聲喊叫也
不會有人聽見，也不可能會被別人聽見，四下只有蜈蚣或蜘蛛在亂
爬，周圍散落著一大堆死在那裏的人的白骨，陰暗而潮濕。而上方
光線形成的圓圈簡直像冬天的月亮一樣小小地浮在上面。在那樣的
地方孤伶伶地慢慢死去。」渡邊連忙頻頻安慰直子，會緊緊貼著她
的，不讓她掉進井裏。

　　這口看不見、在現實世界根本不存在的「井」，卻存在於無法

適應社會、一心只想逃離的直子心中，這是多麼孤單的心靈黑洞啊！充滿著未知的恐懼。結果，直子還是掉進這口黑暗的深井，任誰都一點辦法也沒有，再次凸顯村上對於現代社會的無奈感，以及意識上的絕望。

（四）螢火蟲

　　《挪威的森林》後記提到，此書是以短篇小說〈螢火蟲〉為雛型重新改寫而成。直子苦於被精神病所困擾，不得不休學療養，直子寫信告訴已整整陪她一年的渡邊，說她還沒有跟他在一起的心理準備。渡邊為此感到深沉的悲哀，小說中特別描寫渡邊宿舍室友所送的螢火蟲，屋頂的黑暗中，螢火蟲在瓶底微微發著光，但那光實在太微弱，那顏色實在太淡了。渡邊打開瓶蓋，將螢火蟲放出來，螢火蟲似乎還無法掌握自己所處的狀況，蹣跚爬了一陣，就像斷了氣似地，動也不動。直到許久，螢火蟲才終於鼓翅飛走，而「在閉上眼睛的厚重黑暗中，那微弱而輕淡的光，就像喪失可去之處的遊魂般，長久長久繼續徘徊不去」，渡邊幾次伸出手，卻接觸不到任何東西。

　　這螢火蟲的微光，顯然象徵直子的生命情境，釋放螢火蟲的過程以及螢火蟲消失在黑暗中之後的心境，正是村上春樹文學之空虛、徬徨的基調。當然，這螢火蟲的描寫，又與〈挪威的森林〉歌詞中轉瞬間消失的螢火相互呼應著。

（五）提升藝術性

　　村上春樹的作品，充滿都市氣息，中產階級色彩濃厚，游走於純文學與通俗文學，或是藝術與商業之間，頗受年輕讀者歡迎。一般認為，村上春樹小說主題內容較「輕」、較「弱」，不過跟村上其他作品比起來，《挪威的森林》由於「挪威的森林」、「魔山」、「井」、「螢火蟲」等符碼的運用，圍繞著小說主題，使小說充滿象徵意涵，增加作品的可讀性，也提升了作品的藝術性，讓人讀之一再回味。

陰鬱與朗亮的對照

──談村上春樹《挪威的森林》的

直子與綠

（一）日本文壇傳奇

　　日本作家村上春樹（1949-）畢業於早稻田大學戲劇系，長期接受歐美文化薰陶，一九七九年以第一部長篇小說《聽風的歌》獲得「群像新人賞」，此後筆耕不輟，文類包括小說、遊記、雜文等，亦從事美國小說譯介，被推舉為最具都市感受性、最能掌握時代特色與節奏感的作家。值得一提的是，村上於一九八七年出版長篇小說《挪威的森林》，締造上下兩冊售出四百萬本以上的暢銷紀錄，形成村上風潮，堪稱日本文壇傳奇。

　　一般認為，村上春樹作品傾向非現實性，他曾說「現代小說家必須多少超越現實主義」。不過，村上春樹強調，《挪威的森林》是一部「現實主義小說」。跟村上春樹其他長篇作品相較，儘管部分章節，像是女主角直子棲身不出的深山療養院，猶如「完全的神

話世界」或「徹底的黑暗角落」，依舊流露超自然的色彩，然整體言，與村上春樹其他充滿奇思妙想，可能有些晦澀的作品相較，《挪威的森林》應是容易看懂的戀愛小說。其中，關於兩位女主角「直子」與「綠」的人物塑造，更是讓人印象深刻。

（二） 戀愛的糾葛

《挪威的森林》後記提到，此部小說是根據以前發表的短篇小說〈螢火蟲〉為底本，重新改寫而成。村上原本打算寫一本輕快的戀愛小說，結果寫完後，就主題內涵而言，這卻是不「輕」的作品。主人翁渡邊三十七歲，在德國漢堡機場聽見披頭四名曲〈挪威的森林〉（Norwegian Wood），頓時心情混亂，小說自此採第一人稱觀點，回憶起十八年前，自己與「直子」和「綠」兩位女子交往的經過。

一九六九年，自關西上東京唸大學的渡邊，在東京街頭偶遇自殺去世的高中同學 Kizuki 的女友直子，兩人自然而然地開始交往，並於直子二十歲生日那天晚上發生極親密關係，但直子隨即自渡邊身旁消失無蹤。原來直子擺脫不了青梅竹馬的男友 Kizuki 的死亡陰影，長期為精神病所擾，於是向大學辦理休學，去京都深山中的「阿美寮」專心養病。渡邊曾兩次去「阿美寮」探望直子，結識直子室友玲子姊，彼此間有坦白的深談。這同時，一起選修「戲劇史」的女同學「小林綠」，注意到我行我素、不人云亦云的渡邊，主動走入他的日常生活及感情世界，「綠」對渡邊心中另有一個「她」，耿耿於懷。「直子」和「綠」個性迥然不同，卻都吸引

著渡邊，他處在二人之間，這種三角關係令他懊惱。渡邊將感情的
困擾與痛苦寫信告訴玲子姊，而直子全然不知情。未久，直子病情
惡化，終於自殺了。渡邊無法接受此一殘酷事實，毫無目標地四處
流浪一個月。回到東京，身穿直子衣服、猶如直子替身的玲子姊來
訪，經過玲子姊的心理輔導與性的指引，起了救贖作用，渡邊終於
擺脫直子死亡的暗影，準備敞開心胸接納「綠」，揮別過往的一
切，展開新生活。

（三）陰鬱悲觀的直子

　　直子個性悲觀、多愁善感，面對渡邊的追求，她一再強調自己
是不完全的人，告訴渡邊：「我遠遠要比你所想像的更混亂哦。灰
色、冰冷，而且混亂……」原來直子小學六年級秋天，樣樣出色、
令她崇拜的姊姊才十七歲，事先毫無徵兆，竟然在房內上吊自盡，
而第一個發現姊姊屍體的正是直子，對她來說，這是空前的震撼與
打擊，然後整整三天，她一句話也說不出口。此一事件成為她一生
的夢魘。

　　此外，直子與 Kizuki 關係很特別，二人從三歲開始就一起
玩，長大後直子也把初吻獻給 Kizuki，偏偏直子與 Kizuki 在一起
時，私處完全不會濕濕，是以兩人之間無法有正常的性關係。直子
跟 Kizuki 分不開，卻又欠缺安全感，必須處在渡邊與 Kizuki 之間
才稍為感到安心與安全。未料 Kizuki 十七歲時竟也想不開而自
殺，這跟姊姊之死一樣，再度嚴重打擊直子的心。此後，直子失去
了愛人的能力。

二年後，直子在東京跟渡邊重逢，兩人走在一起，只是 Kizuki 死亡的陰影一直困擾著他們，直子甚至向渡邊坦白，跟他親熱時，心裏想著的卻是無端死去的 Kizuki。她堅信自己是真心愛 Kizuki 的。在療養院，直子告訴來訪的渡邊：「我們全都是有某些地方扭曲，歪斜，不能順利游泳，會一直往下沉的人啊。我和 Kizuki 和玲子都是，全都是噢。為什麼你不去喜歡更正常的人呢？」直子說她並非不想跟渡邊在一起，只是還沒準備好。可悲的是，「不想再讓任何人擾亂」的直子，身心無法放鬆，病情日益嚴重，不得不離開療養院，到專門醫院接受治療，然而她終究步上姊姊和 Kizuki 的後塵，至死都未能準備好接納渡邊的感情。內心受傷的渡邊曾想到，直子恐怕不曾愛過他。豈不可悲！

（四）朗亮樂觀的小林綠

「綠」則是跟直子個性完全相反的女性，活潑、明朗、堅強、率直、幽默，是《挪威的森林》中難得帶給人快樂的角色。

同樣面對至親的死亡，「綠」的表現跟直子全然不同。「綠」的母親因腦瘤住院一年半，嘗盡痛苦才告別人世，家裡耗盡財產，周圍的人也痛苦不堪；二年後，「綠」的父親亦罹患腦瘤住院，還在上大學的「綠」與代為經營書店的姊姊輪流到醫院照料，備極辛勞，同病房的太太向前來幫忙看護的渡邊稱讚「綠」真是好女孩，說：「照顧她父親非常周到，又親切又溫柔，很細心，又堅強，而且長得漂亮。你可要好好珍惜喲。不能放掉噢。這樣的女孩太難得了。」面對人生的困境，「綠」毫無怨言，將生活中累積下來的壓

力，以獨特的方式發洩出來，例如看色情電影、言語大膽、對自己的情慾毫不掩飾……等。父親死後，「綠」和姊姊因元氣全耗光了，眼淚流不出來，周圍的人在背後批評做女兒的冷淡、不孝，當然要假哭也可以，但忠於自己的「綠」絕不這麼做。

曾組樂團，彈吉他，喜歡爬樹的「綠」，不隨俗，討厭虛偽，她批判大學民謠社團的學長，討論時大家裝成一副很懂的樣子，使用艱難的詞彙，隨便賣弄一些好像很偉大的言詞就洋洋得意，其實心裏只想讓新入學的女生佩服，好把手伸進人家的裙子裏去。特別是她個性率直，完全不在乎他人的眼光，凡事單刀直入，不拖泥帶水，這是她最可愛之處。當她發現渡邊心不在焉，連她改變髮型都沒注意到，她寫信明白告訴他心中的不滿，並且拒絕繼續交往，直到她肯原諒他為止。原本「綠」另有交往者，當她發現自己喜歡跟渡邊在一起，比較愛渡邊，就跟男友攤牌而分手，渡邊不明白她為什麼這樣做？「綠」直截了當告訴渡邊：「當然是因為喜歡你勝過喜歡他啊。」渡邊心中尚有直子，「綠」表示可以體諒，也願意等他，但她說：「不過你要我的時候，只能要我一個。而且抱我的時候只能想我噢。」她要尋找的是，完全隨心所欲的愛情，一個能夠百分之百愛她的人。

當「綠」看到渡邊因為想著直子而無精打采，她從旁打氣，說只要把人生想成餅乾盒就好了，還進一步解釋道：「餅乾盒裏有各種餅乾，有你喜歡的也有你不太喜歡的，對嗎？如果你先把喜歡的一一吃掉了，那麼剩下來的就全是不喜歡的了。我覺得難過的時候每次都這麼想。現在如果把辛苦的先做完的話，以後就會比較輕鬆。」開朗的「綠」的確帶給渡邊活力與希望。後來，渡邊經歷直

子死亡的低潮，不想跟 Kizuki 一樣，渡邊下決心堅強地活下去，打電話給自己深愛著的「綠」，表示想跟她見面，告訴她：「全世界除了妳之外我已經什麼都不要了。」電話那頭的「綠」在一陣沉默之後，並未拒絕，開口問：「你，現在在哪裡？」最後一刻，讀者都替渡邊和「綠」鬆了口氣。

（五）對比與救贖

　　村上春樹採對照手法，塑造《挪威的森林》兩個最重要的女性，直子是屬於抽象、出世、封閉、非社會化的角色，相反的，「綠」則具體、入世、開放、社會化。對什麼似乎都無所謂，親切體貼卻不能打從心底愛別人的渡邊，就在直子和「綠」之間游移，難以抉擇。文學結構主義者認為，象徵意義的產生，往往來自「區別」或「二元對立」，小說裡的「對立」會逐漸發展成為龐大的對立模式，籠罩整篇作品，並左右其意義。《挪威的森林》的象徵性對立意義，顯然寓於直子和「綠」這兩個女性角色，藉此建構「抽象／具體」、「出世／入世」、「非社會化／社會化」、「封閉／開放」、「死／生」、「悲觀／樂觀」、「陰鬱／朗亮」之對比，層次豐富多元，深具藝術性與美學結構，值得細細咀嚼品味。

　　當渡邊旅行歸來，決定選擇「綠」，表面上是光明的結局，渡邊似乎從「綠」那兒獲得了救贖，實則回到小說開頭，多年以後的渡邊，一個人在遙遠的異國機場，再度聽見直子最愛的歌曲〈挪威的森林〉，心中依然一片混亂，顯然渡邊並未因為選擇「綠」而找到苦悶生命的出口，他還是迷失於森林之中，不斷地追尋，懷著深

深的孤獨感與失落感，這也正是村上春樹文學的基本主題，讓人不
禁替直子、綠和渡邊的三角關係發出一聲輕嘆。

池袋街頭少年傳奇

——談石田衣良《池袋西口公園》

（一）新風格推理小說

　　於二〇〇三年以《4TEEN》榮獲日本大眾小說「直木賞」的石田衣良（1960-），是當今日本相當活躍，受到廣大讀者歡迎的作家。原本從事廣告文案工作的石田衣良，三十七歲才正式寫小說，其於一九九七年完成的處女作《池袋西口公園》，融合了青春小說的清新可喜與犯罪小說的暴力血腥，一鳴驚人，為日本推理小說傑作，不但躍登暢銷書排行榜第一名寶座，贏得《ALL 讀物》推理小說新人獎，並於次年改編成電視劇，在日本新世代之間引起廣大迴響和熱潮。

　　由一系列故事組成的《池袋西口公園》，以別稱「麻煩終結者」真島誠為核心，貫串全書，一一偵破池袋街頭的各類犯罪案件，跟其他以警察、偵探為主去破解案子的推理小說相較，風格截然不同，特別是小說的主人翁為一看似整天無所事事、不務正業的「米蟲」，令人覺得十分新鮮！且此書有別於一般推理小說之重視

閱讀過程的解碼趣味，反而以「乾淨冷調」的文字取勝，諸如「大拇指筆直地高高豎起，指向如藍色玻璃般堅硬的池袋冬季天空」、「那天早上的池袋街頭就像嗑了溶在水裏黏稠得可以拉成絲的安毒，足以讓絕食一週的男人一邊手舞足蹈，一邊跑完馬拉松全程的超強興奮劑。能夠讓任何人變身為三小時的全能超人的夢幻靜脈注射」、「就算是在夏夜海裏游泳的海豚，都沒有這麼快樂吧」等等，石田衣良這種洋溢廣告文案風格的特殊文體，別具魅力，的確帶給讀者不一樣的閱讀經驗，是以被日本文壇譽為「現代感覺的妙手」。

（二）烙印青春顏色

《池袋西口公園》具實呈現經濟高度發展又遭逢泡沫化的日本社會，生動描繪現代東京的都市面貌，提升小說的藝術價值。書中敘述東京池袋西口公園的不良少年故事，這些居處社會邊緣的青少年，頹廢、墮落、濫交、嗑藥、打架、追求極限刺激，幾乎沒有一個人是健康、幸福的，不過似乎也沒有想像中那麼壞，他們雖然沉淪卻善良，雖然墮落卻充滿對生命的熱情，作者透過「紅天使」首領尾崎京一之口，道出街頭少年聚合的原因：「小鬼們沒有可以尊敬的對象。身旁沒有可以當做學習目標的大人，而大人也不讓他們擁有夢想。我們準備了偶像和友情、被他人需要的充實感、被朋友歡迎的喜悅，以及規律和訓練。集眾人之力一同去尋找現在社會上得不到的東西。」怎不令主流社會的大人們反思？

此部青春感官推理小說，最可貴的是，塑造了充滿正義感、散

發人性純粹光輝的池袋街頭傳奇人物——真島誠。石田衣良自言：
「在某種意義上來說，我覺得真島誠就是我。」足見真島誠這個角
色，意義非凡，相信每一位讀者都會喜歡上這位很有個性的人物。

真島誠，單親，國中就常因打架而出入警局，如今剛從池袋當
地的三流高工畢業，不再升學，又因為找不到像樣的工作，連打工
都懶得去，平時在母親的水果行幫忙，賺點零用錢。許多時候，他
泡在池袋西口公園，沒事幹，坐著發呆，毫無計畫，只是不斷地重
複無聊的一天又一天。跟他成天混在一起的是高中死黨森正弘、愛
畫畫的水野俊司，後來還加入電腦迷砂岡賢治、喜玩無線電的波多
野秀樹。直到真島誠在西口公園搭訕認識的高中援交妹中村理香捲
入池袋「絞殺魔」事件，不幸身亡，引起警方重視，真島誠想為理
香做點事，求助池袋幫派 G 少年首領、也是來自同一高工的安藤
崇，結果真島誠經由 G 少年系統，成為獵捕絞殺魔的最高指揮，
終於找到原來是大學醫院麻醉醫師的絞殺魔，也意外發現，是理香
女友小光怕媒介色情之事曝光而教唆暴力男山井殺害了理香。真島
誠因為破獲「絞殺魔」事件，聲名大噪，接著開始接到一些詭異的
委託，諸如尋人、排解糾紛、保鑣等，這一方面固然可以打發時
間，另一方面則是他忍不住想插手幫忙。結果真島誠領導身邊的死
黨，運用跟蹤、偷拍、監聽等方法，助 G 少年找到國中同學「猴
子」愛慕的黑幫老大失蹤的女兒以及兇手；幫國中女同學千秋的伊
朗籍男友卡西夫躲過黑道追殺，還密報警方抓走藥頭；最後是遊走
池袋少年幫派藍色 G 少年和紅天使之間，贏得雙方信賴，揭發幕
後製造少年幫派衝突，欲藉機侵占地盤的關西黑幫京極會的陰謀，
消弭池袋少年幫派前所未見的大規模械鬥，使劍拔弩張的街頭恢復

了和平。

由於真島誠對池袋街頭的愛與了解，他贏得「麻煩終結者」的稱號，最後還當上了「街頭雜誌」的專欄作家，為自己的人生開啟另一扇窗，也讓在世俗社會迷失生活座標的青少年，如森正弘、水野俊司、砂岡賢治、波多野秀樹等，於西口公園烙印青春顏色，發現自己的價值。

（三）樂於助人

石田衣良筆下的真島誠，雖只是三流高工畢業，但他十分聰明，有思想，組織能力強，邀請真島誠加入 G 少年，甚至希望他接任領導的安藤崇就跟真島誠說：「會幹架的傢伙、離經叛道的傢伙要多少就有多少。但像你一樣有能力又了解池袋內幕，同時可以在小鬼頭裡自由來去的傢伙就少之又少了。」連池袋警署少年組的吉岡也看重、欣賞真島誠，告訴女攝影記者松井加奈：「阿誠雖然嘴巴壞，但腦筋可不壞喲。」鼓勵真島誠加入警界，說：「你既然每天這樣晃來晃去，不如來當警察吧？我想你一定很適合。如果你有意，我可以幫你跟警察學校說。怎麼樣？」而且真島誠經常邊聽古典音樂邊思考問題，看了「紅天使」首領尾崎京一像是融合古典芭蕾和街舞兩種基因的自創現代舞，他說出這樣的感想：「激烈的圓是生，靜止的圓是死。在兩個圓之間激烈地往來，這就是剛才舞蹈的意思嗎？」其思想之敏銳，令尾崎京一和讀者們感到驚訝。當真島誠看到賢治和俊司沉醉在買了越野腳踏車的滿足感中，他想：「購物果然是一件愉快的事啊。資本主義的無上歡愉。」以上在在

顯示他絕非泛泛之輩。

真島誠樂於助人的性格與正義感，是此一人物塑造最突出的特點。為了街頭和平，他願意伸出援手，不畏艱難，終於解決大大小小的事件，尤其是「熱血少年」這一章，尋找黑幫公主的過程中，無意間接觸到以望遠鏡「監視」案發地點的關鍵人——國三同班同學森永和範；成績名列前茅的和範，如今竟然休學在家，自我封閉，不理會任何人，真島誠是三年來第一個到家裏找和範的朋友。真島誠心想：「每個人都會有一個誰也無法開啟的房間，不是這樣子的嗎？」他鍥而不捨，連續一個星期來找和範說話，果然打動了和範，讓他打開房門和心結，接受友誼，重新走入這個世界。此外，真島誠也促使賣春的國中同學千秋戒毒成功，其積極助人所散放的人性光輝，令讀者感到溫暖。

（四）正義感深具魅力

當然，真島誠發自內心的正義感，乃是他深具魅力的主因。眼見池袋「太陽通」的藍、紅二幫少年們即將爆發內戰，他覺得自己生在這裏，長在這裡，原本是同學和朋友的人，現在卻性命相搏，他無法再袖手旁觀下去，於是介入斡旋，智取謀成，告訴眾人：「我們大家都很軟弱，所以才會說謊。我們大家都很膽小，所以才要武裝。我們大家都是笨蛋，所以才會互相傷害。但是，我們可以原諒彼此。就算有人撒了瞞天大謊，也一定可以原諒他。」終於讓雙方握手言和，使變調的西口公園恢復和平。當真島誠看到國中女同學千秋和誠實待人的男友卡西夫因得罪黑道而無法大方地在池袋

牽手逛街，他想著：「天道會和重量 E 那種藥頭在外頭大搖大擺，千秋和卡西夫卻要到處躲躲藏藏。如果那是街頭法則，那本人絕對要推翻這條爛規矩。」再如，調查「絞殺魔」的過程中，發現朋友小光從小以來，不斷遭到她那在大藏省銀行局任高官的父親性侵，導致後來觀念和行為的偏差，等查案告一段落，真島誠跟蹤、伏擊小光這人面獸心的父親，然後對著在地上抱著頭的男人唾聲道：「我知道你一邊聽柴可夫斯基一邊對小光做了什麼事。如果你想知道為什麼今天會被扁，就去問小光。要小光把所有事情都告訴你。聽完以後，如果想要自首就去，要怎樣都隨你們便。」這種充滿正義感的復仇作為，真是大快人心！

（五）永遠不會忘記的英雄

所謂青春的叛逆、燦爛的色彩，作家「新井一二三」提到，對新一代日本年輕人來說，「I.W.G.P.」（即《池袋西口公園》，IKEBUKURO WEST GATE PARK 之縮寫）無疑成為他們永遠不會忘記的青春插畫了。當然，讀者也不會遺忘這一位池袋街頭的少年傳奇英雄——真島誠。

一個農村無賴的悲哀
──重讀魯迅〈阿Q正傳〉

（一）現代中國小說傑作

　　魯迅（本名周樹人，1881-1936）是中國偉大的文學家、思想家，其小說以新的觀念、人物、題材、主題，以及新的敘述方式、現代語言，打破中國傳統小說的舊格局，而且以豐富的內容、深刻的思想，震撼人心的藝術力量，沖刷中國人的靈魂，顯示出「五四」文學運動的實績。無疑的，魯迅的小說創作在中國現代文學史上具有奠基的歷史意義。其小說作品之中，使他成為中國文學的驕傲，也是世界文學知名人物的主要代表作，正是第一部小說集《吶喊》裏面的〈阿 Q 正傳〉，此一中篇小說在一九二一年十二月至隔年二月於《晨報副刊》連載，也是胡適推展白話文運動以來，現代中國小說中最著名的一篇。

（二）小說形式完整可觀

〈阿 Q 正傳〉共九章，約二萬字，第一章「序」，大略交代阿 Q 大多住在「未莊」，不確定其姓氏、籍貫，作者刻意虛化小說的空間，而突出時間在小說中的意義。第二章「優勝記略」，謂阿 Q 沒有家，住在土穀祠裡，也沒固定職業，只靠做短工過活；雖常被欺負，卻自有一套「精神上的勝利法」。第三章「續優勝記略」中，連阿 Q 一向都瞧不起的王癩鬍都反過來羞辱他；此外，阿 Q 罵留洋回來、剪去辮子的錢太爺大兒子，是「假洋鬼仔」，自己則對小尼姑動手動腳。此前三章，著重於刻劃阿 Q 精神勝利病的基本性格特徵。

第四章「戀愛的悲劇」，阿 Q 有了傳宗接代的念頭，調戲趙太爺家的女僕吳媽，結果挨了打，被趕出趙府，還得設法賠罪。第五章「生計問題」，因調戲婦女，導致短工皆為小 D 所搶，阿 Q 心有不甘，與小 D 打了一架，未分勝負；之後阿 Q 落魄到乞食維生，竟至靜修庵偷拔蘿蔔。第六章「從中興到末路」，阿 Q 離開未莊，進城去，於中秋返回未莊，阿 Q 似乎發了財，人人對他刮目相看，實則阿 Q 不過是個不敢再偷的小偷罷了。中間的三章，進入特定的故事情節，阿 Q 企圖改變生活現狀，反而造成生計問題，迫使他步上末路。

第七章「革命」，辛亥革命成功了，原本對革命深惡痛絕的阿 Q，以為加入革命黨，要什麼就有什麼；見其他人把辮子盤在頂上，阿 Q 有樣學樣，自認已經投降了革命黨。第八章「不准革命」，其實革命之後，未莊並沒有什麼改變，但趙府遭搶，不被允

許參加革命的阿 Q 由於有做過這路生意的前科，莫名其妙地成為傳說中幾個搗亂的、不好的革命黨之一。第九章「大團圓」，阿 Q 以搶奪罪而被捕下獄，不明不白地畫押認罪，遊街示眾之後旋遭槍斃，結束一個農村無賴荒謬的一生。這最後三章，表現阿 Q 在社會變革時期內心的騷動和矛盾的激化，形成悲劇的結局。特別是第九章取名「大團圓」，實則神往「革命」的阿 Q 卻成了「革命」的犧牲品，其命運比真正革命者為革命而犧牲的命運更為悲愴，作者之諷意，顯而易見。

一般而言，魯迅大多數小說都屬於心理、情緒型，以人物的「情緒線」來結構小說，亦即以人物的情緒做為小說的整體框架，將故事情節和生活畫面編織進人物主體的情緒感受之中，〈阿 Q 正傳〉則十分難得的採取「情節線」貫穿，運用順敘的方法，有一條明顯的時間線索，對人物和情節交代得十分清楚明白，可謂魯迅小說裏面，形式最完整的一篇。唯第一章「序」，約一千五百字，依內容觀之，篇幅嫌多，顯得拖沓，應可刪減大半，與第二章「優勝記略」合併，則通篇結構必更嚴謹。

（三）鞭撻中國人的劣根性

魯迅自言，〈阿 Q 正傳〉主要是想暴露國民的弱點。亦即藉由阿 Q 的形象，深刻地鞭撻中國半封建半殖民地社會國民靈魂上的弱點，哀其不幸，怒其不爭，藉以批判辛亥革命的不徹底性，總結農村「革命尚未成功」的教訓。而〈阿 Q 正傳〉所暴露的中國人劣根性，除了愚昧無情的可怕心態，諸如認為槍斃並無殺頭這般

好看；或者攀附權力的寡廉鮮恥，諸如革命成功了，反對革命的保守份子紛紛「出錢出力」，設法加入革命黨或自由黨，為將來鋪路。當然，最為突出的劣根性，莫過於自卑又自大的精神勝利法了。

阿 Q 受封建統治階級腐朽思想的影響，在黑暗社會的壓榨下，形成一種「阿 Q 精神」，亦即「自我解嘲」的精神勝利法。如阿 Q 住在土穀祠，一窮二白，他依然厚顏誇耀：「我們先前——比你闊的多啦！你算是什麼東西！」他頭上長了個癩瘡疤，但是諱疾忌醫，不只忌諱別人說「癩」字，就連「光」、「亮」、「燈」、「燭」都諱，然而別人並不理會，見到他還是故意恥笑他，這時阿 Q 就估量對方，口訥的他便罵，氣力小的他便打，偏偏他總是吃虧的時候居多，當他被人揪住黃辮子，在牆壁上碰了幾個響頭，阿 Q 這麼想：「我總算被兒子打了，現在的世界真不像樣……」於是又心滿意足地得勝似的走了。以開阿 Q 玩笑為樂的人知道他有這種精神勝利法，再打就叫他自己說「是人打畜牲」，阿 Q 竟兩隻手都捏住自己的辮根，歪著頭，說道：「打蟲豸，好不好？我是蟲豸——還不放麼？」而且轉念一想，自己是第一個能自輕自賤的人，「狀元不也是『第一個』麼？『你算是什麼東西』呢！」這種極端自我安慰的阿 Q 精神，簡直教人啼笑皆非。

此外值得一提的是，小說人物為什麼叫「阿 Q」？國民革命之前，男人腦後蓄留「辮子」，具有深厚的文化意義，它後來代表的是傳統文化的保守、負面形象，對革命家孫中山先生或對投機政客袁世凱而言，「剪辮」乃是中國現代化的象徵，一刀下去便由滿清到民國，由專制到共和，由傳統到現代。至於「Q」，到底是什

麼？魯迅曾告訴胞弟周作人，阿Q之所以用Q，那是因為Q字本身有條小辮子。此一說法雖然好玩，但其象徵意義在在值得深思。

（四）透露理想之光

　　魯迅小說在表現方面，描寫一貫冷靜而客觀，鏡子般忠實反映時代生活，甚至近於殘忍、冷峻，充滿現實主義精神。不過，〈阿Q正傳〉可貴的是，透露了理想之光，有著浪漫主義色彩，比如阿Q臨刑時，忽然「旋風似的」閃現出「像兩顆鬼火」的狼眼睛，彷彿在「咬他的靈魂」，魯迅筆下這個渾渾噩噩地度過一生的沉默靈魂，終於在臨終前發出了「救命」這一聲「生」之呼喚。此一描寫，可說是魯迅馳騁浪漫主義的遐思，在解剖濃黑的舊世界的同時，賦予作品理想的光芒，也從而提升了小說的藝術境界。

　　論中國現代小說成就，魯迅堪稱第一，許多人讀過魯迅小說，印象深刻，多年以後重讀，竟覺出乎意料的好，完全沒有讀民初時代小說的隔膜感，魯迅小說之魅力由此可見一班。不過，於二十一世紀的今日觀之，中國人的劣根性顯然依舊存在，我們重讀魯迅代表作〈阿Q正傳〉，怎不感慨良深！

揭露自己病創的靈魂

——看郁達夫〈沉淪〉

（一）青年憂鬱症的解剖

　　民初「五四」時代是「人的意識」覺醒的時代，而郁達夫（1896-1945）正是「五四」時期小說的探索先鋒，創新了抒情小說形式，打破傳統「文以載道」觀念，於新文學初期十年（1917-1927），與魯迅並稱小說兩大家。郁達夫的小說處女作〈沉淪〉，以淒婉的筆觸揭露自己病創的靈魂，引起當時年輕人廣大的共鳴，可謂一鳴驚人，成為郁達夫的代表作。於今觀之，小說中的病態心理描寫，依然讓人反思。

　　〈沉淪〉發表於一九二一年，郁達夫於同名的短篇小說集自序中說：「〈沉淪〉是描寫一個病的青年的心理，也可以說是青年憂鬱症的解剖，裏邊也帶著現代人的苦悶，便是性的要求與靈肉的衝突……」這篇小說，敘寫主人翁愛情方面的苦悶和愛國問題上的焦慮，以留日學生的愛情苦悶為主線，憂國之悲憤為輔線，相互交織而成。〈沉淪〉將「性壓抑」的苦悶跟民族主義結合在一起，更形

成其他小說所難得一見的特色。

（二）中國留學生的悲劇

　　〈沉淪〉寫於郁達夫日本留學時期，咸認是「自傳體」小說，共約二萬七千字，全文分八節。第一節，點明這是一齣悲劇，主角「他」孤冷得可憐，好像有萬千哀怨橫亙在胸中。第二節，敘述他到日本留學，自覺遭日人歧視，內心痛恨不已，而憂鬱的他二十一歲了，無法與人正常相處，渴求著愛情。第三節，敘述家世及隨赴日考察司法事務的長兄到日本留學，由東京而到 N 市。第四節，敘述他為自慰的惡習，深感罪惡。第五節，描述他偷看旅館主人女兒洗澡。第六節，寫他偷聽葦草叢裏男女的幽會。第七節，描寫他到酒肆找侍女，緊張加上自卑感作遂，最後卻醉倒了。第八節，他一覺醒來，愧悔不已，一面怨嘆自己變成下等人，一面抱怨自己的墮落是因祖國的積弱不振，於是投水自盡，以解脫痛苦的一生。

　　此作大體而言，平鋪直敘。第一節，是現在時間，第二節描寫最近的過去，第三、四節敘述更遠的過去，即自中學時代直到現在，第五節至第八節連續敘述現在時間，通篇結構十分清楚。郁達夫經常運用這種回憶或是描寫過去的種種，為小說主角目前的精神狀態奠定心理上的基礎。

（三）性壓抑導致病態行為

　　與世人隔閡的病態心理之描寫，是〈沉淪〉最鮮明的寫作特

色，主要以人物的獨白與異常行為來呈現。

　　喜讀華茲華斯（Wordsworth）英詩的「他」，具有浪漫主義傾向，而浪漫主義表現為對理想美和對愛情的追求，但敏感的「他」多愁善感、疑神疑鬼，被其他中國留學生看成是「神經病」，日本同學亦漸漸敬而遠之。這理想與現實之間的矛盾，以及愛情的落空，導致「他」的憂鬱、痛苦與悲傷。

　　既然封閉自己，就更加難以打破人際的隔閡。加上性慾望是個人生理的自然需求與反應，「他」卻百般壓抑，內心乃更加苦悶、憂鬱。「他」認為自己如槁木死灰，內心吶喊著：「若有一個美女，能理解我的苦楚，她要我死，我也肯的。」又想：「若有一個婦人，無論她是美是醜，能真心真意的要我，我也願意為她死的。」可是渴求異性的愛情的「他」，人在異國，偏偏情感找不到寄託，「他」清楚意識到自己是弱國子民，沒有資格接觸他的理想型女性，加以「性」又無處發洩，只好耽溺於自慰貪歡，成了習慣，對此他既自責又恐懼，一再發誓戒除惡習，不過一到緊迫之時，誓言往往又拋諸腦後。

　　因性壓抑引起的病態行動，小說中有兩處描寫得最為生動，即「他」夜裏無意間在廁所偷窺隔壁浴室旅館主人之女洗澡，主觀上，「他」無法克制對「理想型」愛情對象的豔羨，在豐滿肉體前感受到強烈的吸引力，震懾於「那一雙雪樣的乳峰！那一雙肥白的大腿！這全身的曲線！」緊接著，「他面上的筋肉，都發起痙攣來了，愈看愈顯得厲害，他那發顫的前額部竟同玻璃窗衝擊了一下。」再者，「他」早晨散步時，偷聽到葦草叢裏男女幽會親熱的一幕，「他的面色，一霎時的變了灰色了。他的眼睛同火也似的紅

了起來。他的頸骨同下顎骨呷呷的發起顫來」。於是「他」再也按捺不住性的衝動,前去酒肆找兼或賣淫的侍女,窩囊的是,「他」非但嫖妓不成,反而讓自己無法釋懷,造成不可避免的自我傷害,乃至投海赴死,以求解脫,豈不可悲!

(四) 性苦悶與民族主義結合

　　將「性」的苦悶跟愛國思想、民族主義結合在一起,是〈沉淪〉十分特殊的內涵語碼(Connotative Code),而其「性」的苦悶又與主人翁身為弱國人民之自卑心理息息相關。

　　清末以來,大量中國留學生群趨東瀛取經,戰敗積弱的歷史脈絡下,中國人驚覺自己突然成了「支那人」。郁達夫小說具體而生動地將支那人的國族意識和性意識相連結,並塑造出孱弱卑憐的形象,如〈沉淪〉的「他」,怨恨日本同學,視之為仇敵,內心嘲罵道:「他們都是日本人,他們對你當然是沒有同情的。」看見日本女同學活潑的笑容,卻這麼想:「呆人,呆人!她們雖有意思,與你有什麼相干?她們所送的秋波,不是單送給那三個日本人的麼?唉!唉!她們已經知道了,已經知道我是支那人了,否則她們何以不來看我一眼呢!復仇復仇,我總要復他們的仇。」當「他」來到酒肆尋歡,日本女侍問他「府上是什麼地方」?這激起他強烈的心理反應,他為自己是「支那人」而在如花的日本少女面前,自卑地抬不起頭來,認為日本人輕視中國人,如同中國人輕視豬狗一樣,日本人都叫中國人作「支那人」,這「支那人」三字,在日本,比中國人罵人的「賤賊」還更難聽。當「他」不得不自認說「我是支

那人」,「他」全身發起抖來,內心吶喊著:「中國呀中國,你怎麼不強大起來!」甚至於因求不到愛情,又遭手足排擠,覺得自己沒必要生存在這多苦的世界而跳海自殺,嘆道:「祖國呀祖國!我的死是你害我的!」換言之,郁達夫將愛情的挫敗與生存的挫敗合而為一,然後又承接對祖國歇斯底里的責難,唯有祖國強盛了,再經由這樣的解放,「他」所幻夢的理想愛情才得以實現。

郁達夫將這種性的苦悶心理與憂心故國命運的哀思,奇異地交織在一起,使處於半殖民半封建屈辱地位的中國知識青年,內心引起強烈共鳴。對此郁達夫在〈懺悔獨白〉自承:「我的抒情時代是在那荒淫慘酷軍閥專權的島國裡過的。眼看到故國的陸沉,身受到異鄉的屈辱,與夫所感所思,所經所歷的一切,剔括起來沒有一點不是失望,沒有一處不是憂傷,同初喪了夫主的少婦一樣,毫無氣力,毫無勇毅,哀哀切切,悲鳴出來。就是那一卷當時很惹起了許多非難的〈沉淪〉。」由此當可理解,作者何以會將「性」的苦悶跟民族主義結合在一起了。論者周蕾特別指出,〈沉淪〉這篇向來被評為「濫情」的小說,另具深刻的意義,亦即反映了中國現代性的複雜心理。

(五)批評與讚揚

〈沉淪〉之問世,引起文壇的震撼與爭議,道學家視之如毒蛇猛獸,嚴厲批評〈沉淪〉是不道德的讀物,也是影響青年的不良示範。〈沉淪〉被質疑為披上新文藝外衣,內在則是猥褻、淫穢、醜惡的。反對郁達夫的人,大加撻伐他是性慾追求者。關於性的描

寫，本為當年保守社會所不敢與不許，何況〈沉淪〉性苦悶之情色描寫，表現得過火，作者遂被稱為「色情狂」，還招來「感傷主義」、「頹廢派」、「好色之徒」等等之批評。

雖然招致許多負面批判，但〈沉淪〉同樣獲得不少肯定與讚揚，如周作人對於〈沉淪〉之描寫現代青年內心的苦悶欲望與現實的衝突，給予肯定的評價，還特地為此提出「受戒者的文學」一詞。郭沫若甚至宣稱，這是對士大夫階級的迎頭痛擊，謂：「他那大膽的自我暴露，對於深藏在千年萬年的背甲裡面的士大夫的虛偽，完全是一種暴風雨式的閃擊，把一切假道學、假才子們震驚得至於狂怒了。為什麼？就因為有這樣露骨的真率，使他們感受著作假的困難。」後來夏志清《中國現代小說史》對郁達夫更是讚譽有加，說：「郁達夫在初期是個特別重要的作家，因為唯有他敢用筆把自己的弱點完全暴露出來，這種寫法，擴大了現代中國小說心理和道德的範圍。可惜後來學他的人雖然寫慾情和頹廢著墨很多，誰也沒有他那種誠實和認真的態度。」

由上述正反意見可知，〈沉淪〉為當年話題小說，殆無疑義。

（六）藝術風格獨特

於今觀之，〈沉淪〉文字含蘊深厚情感，具有「一種和人類心靈深處最動人的感情連結在一起的吸引力」，令人讀之心醉神馳，且作者毫無保留的、赤裸裸的自我暴露，以及其所表現的這種憂患現實的、沉重的歷史感，饒富時代意義，誠為小說藝術之特殊表現，形成了獨特的風格，堪與投水自盡、著有《斜陽》和《人間失

格》的日本頹廢派、破滅型小說家「太宰治」（1909-1948）媲美。

　　也正由於郁達夫過度重視情感的抒發，忽略了小說永恆的哲理性，且於描寫肉慾之外，全然未提到或觸及較高層次的「靈」之追求，使其作品缺少深度。至於小說中，主人翁兩度直接發出祈願祖國強大的吶喊，雖使「愛情」與「民族主義」建立了密不可分的關係，但就主題之呈顯言，因手法不夠含蓄而傷害了整篇作品的藝術價值。此外，郁達夫國學根基深厚，乃在作品中一再展現中國傳統文學的詩情，甚至讓小說主角於酒肆吟唱七律：「醉拍闌干酒意寒，江湖寥落又冬殘。劇憐鸚鵡中州骨，未拜長沙太傅官。一飯千金圖報易，幾人五噫出關難。茫茫煙水回頭望，也為神州淚暗彈。」美則美矣，亦充分顯露作者耀眼的詩才，然置之於現代小說中，不免讓人覺得過於刻意、造作，不夠自然了。

林語堂心目中的理想女性

──談《京華煙雲》的姚木蘭

（一）自豪的人物塑造

　　林語堂（1895-1976），福建龍溪人，是二十世紀中國現代作家、翻譯家、教授、語言學家，著作多達幾十部。其文學方面最大的貢獻，在於獨具風格的散文小品，既深得明人小品精神，且受到西方表現派文論之影響。然林語堂《八十自述》提到：「有雄心讓小說流傳後世。」綜觀其文學生涯，長篇小說確是林語堂文學重要的一環，當中又以近七十萬字的《京華煙雲》（原係英文創作，書名：Moment in Peking）最令作者自豪。這部大規模的長篇，內容繁富，人物生動，以過渡時代的中國為背景，插敘袁世凱篡國、張勳復辟、直奉大戰、軍閥割據、五四運動、北京三一八慘案、「語絲派」與「現代評論派」筆戰、青年思想左傾、二戰爆發等歷史事件，全景式展現了現代中國社會風雲變幻的歷史風貌，堪稱二十世紀中國的一本偉大小說。小說中的女主角姚木蘭，刻畫用心，可說是書中塑造最為成功的人物，令讀者欣賞、喜愛，更是林語堂心目中的理想

女性。

（二）大時代中國社會的縮影

　　《京華煙雲》共分《道家的女兒》、《庭園的悲劇》和《秋之歌》三卷，主要寫北京城姚、曾、牛三大家族之間的悲歡離合與恩怨情仇，由姚木蘭貫穿上、中、下三卷的敘事結構。

　　上卷《道家的女兒》，從庚子義和團之亂寫起，逃難中，姚木蘭與家人失散，被曾家尋獲，開始發展姚、曾、牛三家族的姻親關係。此卷主要寫姚思安、曾文璞二人一道、一儒的處世哲學，以及子女的成長、婚嫁。姚木蘭雖愛慕才氣縱橫、卓爾不群的孔立夫，但在家長的撮合下，嫁給喜歡她而樣樣不如她的曾家老三蓀亞。

　　中卷《庭園的悲劇》，由辛亥革命前夕寫到五四運動，主要敘述姚思安贊同社會革新、曾文璞頑固守舊、牛家惡勢力作威作福。孔立夫娶姚木蘭妹莫愁，成了木蘭的妹婿。繼而牛家衰敗崩潰，姚家亦發生不幸悲劇，姚木蘭兄體仁騎馬摔傷致死，么弟阿非深愛的紅玉投水自盡，姚母病故。阿非遵亡母遺願，娶旗人貴族寶芬，啟程赴英。接著，姚思安離家雲遊四海，王府靜宜園日益冷落蕭疏。

　　下卷《秋之歌》，由五四運動寫到中國對日抗戰。曾家老二經亞跟拜金荒淫的牛素雲離婚，另娶木蘭貼身丫鬟暗香。未久，曾父病故。當時軍閥割據，世局紛亂，姚木蘭長女阿滿參加遊行示威遭無情槍殺，木蘭痛心，與夫遷居杭州，過著嚮往已久的田園生活。牛家長子懷瑜攀附當道，一再報復，莫愁與立夫亦避往蘇州。姚思安雲遊四方，十年後返京與家人團聚，其間於杭州還暗助木蘭，使

蓀亞於外遇之前懸崖勒馬；後來，姚父於睡夢中安然辭世。日本對中國野心勃勃，局勢緊張。中日戰爭終於全面爆發，日軍橫行，四處蹂躪。曾家長媳曼娘遭日軍強暴，上吊自盡，子阿瑄加入游擊隊；木蘭子阿通、莫愁子肖夫皆從軍報國。木蘭和蓀亞隨而加入難民潮，遷移大後方，感受到人民偉大的精神與力量，投入史詩般波瀾壯闊的大時代之中。

（三）以事件凸顯人物個性

　　《京華煙雲》像中國社會的縮影，可以看到許多新派和舊派的人物，也猶如現代版的《紅樓夢》，林語堂寫給郁達夫的信提到《京華煙雲》的人物塑造，大約以《紅樓夢》為擬寫對象，如：「木蘭似湘雲（而加入陳芸之雅素），莫愁似寶釵，紅玉似黛玉，桂姐似鳳姐，而無鳳姐之貪辣，體仁似薛蟠，珊瑚似李紈，寶芬似寶琴，……阿非則遠勝寶玉。」其中又以姚木蘭最令讀者印象深刻，她兼具了《紅樓夢》史湘雲之面貌極麗、燦爛爽朗、英豪大方、不讓鬚眉，以及《浮生六記》陳芸之靈慧深情、才思雋秀。書中，歸國詩人巴固曾這麼形容木蘭和莫愁姐妹：「木蘭的眼睛長長的，莫愁的眼睛圓圓的。木蘭的活潑如一條小溪，莫愁的安靜如一池秋水。木蘭如烈酒，莫愁似果露。木蘭動人如秋天的林木，莫愁的爽快如夏日的清晨。木蘭的心靈常翱翔於雲表，莫愁的心靈靜穆堅強如春日的大地。」在在讓人玩味。

　　林語堂對姚木蘭的外貌極少著墨，只籠統說是「眉清目秀」、「美得令人憐愛」，作者塑造人物所採用的手法是，藉由各種事件

來凸顯其思想、個性。大體言，姚木蘭堪稱兼具傳統美德與新時代思想的女性。

（四）深具傳統美德

姚木蘭出身富家，自小聰明活潑，落落大方，才十歲大就略諳甲骨文，能夠鑑賞古物，是姚父最喜愛的女兒。十四歲開始學熬藥，漸漸懂得中藥之道。木蘭手巧能幹，長於家事，是母親的得力幫手，諸如縫衣刺繡、炒菜做飯、煮臘八粥、花生湯……等，莫不拿手，具有中國傳統女子的美德。此外，木蘭能詩能文，國學造詣佳，會唱京戲，還曾入天津女子師範接受現代教育，天文、地理、數學都懂，待人接物，進退得宜，兼具高度的 IQ 和 EQ，是乖巧的女兒、貼心的情侶、盡責的妻子、能幹的媳婦、偉大的母親，毋怪乎人見人愛。

特別的是，木蘭極富愛心，看到鬥蟋蟀兒，覺得那種戰鬥不啻是可怕的屠殺。後來和丈夫蓀亞逃往大後方途中，兩天之內收留了四個孤苦無依的孩子，顯示其崇高的人道精神。不過，最值一提的是，木蘭受父親姚思安道家思想之影響，崇尚自由，所以她保持天足不裹腳，學男生吹口哨、放風箏，看見極美的事物會感動流淚。木蘭如同古代高士，夢想著簡單淳樸田園式的生活，樂於做一個村婦，對她而言，即連粗茶淡飯都帶有詩意。此外，在日常生活中，木蘭力求變化，比如她對每個季節都有不同的反應，在冬季則平靜沉穩，春來則慵倦無力，夏天則輕鬆悠閒，秋來則舒爽輕快。她的心情，閱讀的書，每天做的事，生活的樂趣，無不隨著季節而改

變。在飲食、住房、娛樂上，她不斷地創造新奇，以成熟的精細優美，帶給丈夫新奇之感，期使生活達到最美的境界。所以，丈夫蓀亞戲稱她是「妙想夫人」，木蘭也確是異想天開、難得一見的奇女子。

（五）新思想新女性

林語堂之塑造姚木蘭，真正的重點在於她具有自己的思想。

首先是木蘭擁有勇於挑戰時代的新女性思想。所謂「一個人的字就是個性的表現」，姚父告訴知友傅增湘，木蘭的字就像男人的字。木蘭自小即不滿男女的不平等，質問打她巴掌的哥哥體仁：「為什麼你能出來？我們就不能出來？」告訴一味溺愛兒子的母親：「我不相信女孩子要規矩，男孩子就應當壞。」姚父對於木蘭的想法，並不反對，他讓女兒接受新式教育，教養木蘭成為一個具有新思想的女性。當丈夫蓀亞與杭州藝專學生曹麗華暗中交往，木蘭不像一般傳統女性的爭吵哭鬧，她自我反省，冷靜以對，將曹麗華視為朋友，終於弭平此一外遇危機。對於愛情，木蘭告訴多愁善感、體弱多病、苦戀著么弟阿非的紅玉：「愛是永遠不能封口的創傷。人愛別人的時候，一定會覺得自己失去了什麼，那是她心靈的一部分，她於是各處去尋找失去的那部分靈魂，因為她知道，若不去找到，自己便殘缺不全，便不能寧靜下來。」這樣的見解，完全是新時代的思想。

再者，木蘭受父親崇信的道家思想影響甚深，比如她認為，最簡單的方法即是最好的烹飪方法，而自然的方法遠勝過烹飪的技

術，這正是道家生活哲學的體現。她曾聽見父親說「心浮氣躁對心神有害」，以及「正直自持，則外邪不能侵」，這些道理成為她人生的指南針，使她從中獲得了樂觀與勇氣。木蘭也相信父親常說的，人的運氣和個性息息相關，人若有福氣，一缸清水變白銀；若沒福氣，一缸白銀變清水。換言之，人必須有享福的個性才行。步入中年，木蘭極力從父親的道家哲學裏尋求人生的安慰，她覺得自己的人生已屆秋天，兒子的人生則正在春天，秋葉的歌聲之內就含有來春的催眠曲，也含有來夏的曲調，「道」的盛衰盈虧兩股力量亦在升降的循環交替當中。如今，她清清楚楚感覺到生活的意義，看見青春的力量正在兒子阿通身上勃然興起。這是參透人生的感悟，象徵著道家豁達的智慧。

（六）藝術表現商榷之處

　　木蘭雖是接受現代教育、經過時代思潮洗禮的新女性，可是她居然主動向蓀亞表示，不排斥丈夫納妾，認為讓丈夫有一個妾，是件美事，而為人妻者若沒有一個斯文而優美的妾，事事幫著自己，就如皇太子缺少一個覬覦王位的人在旁，同樣的乏味。當丈夫與杭州女學生曹麗華交往，木蘭明白告訴年輕的麗華，若願進入家中共同生活，她並不反對。此種封建思想顯示木蘭對於男權社會明顯缺乏深省，此與新女性角色完全衝突，在木蘭的人物塑造上，產生嚴重矛盾。對此林語堂之用意何在？令人百思不解。

　　尚有值得商榷者，木蘭最早的愛人是孔立夫，但因長輩的安排而嫁給曾蓀亞，然木蘭內心深處仍對後來成為自己妹婿的立夫存有

一份難以言喻的情感,當立夫遭陷繫獄,擔憂焦慮的木蘭不顧自身安危,冒險獨闖司令部,為立夫請求立即赦免令,由此不難看出木蘭對於立夫的深情,但她依舊遵守傳統婚姻制度和社會道德規範,努力扮演好賢妻良母的角色。只是搶救孔立夫的故事情節,太過戲劇化,流於通俗傾向,對藝術表現言,無疑造成一大斲傷。

綜觀之,姚木蘭出生於富商家庭,多才多藝,身心健康,待人雍容大度,既無大小姐驕縱之氣,亦不迷戀名利和耽於物質享受,持家有條有理,相夫教子之餘,又能不受時俗所拘,嚮往幽雅山居的村婦生活而樂在其中,追求寧靜平和的生活境界。當值變亂的大時代,木蘭更艱忍勇敢地投入其中,成為廣大群眾的一份子,林語堂之女林如斯談《京華煙雲》,透露其父曾說:「若為女兒身,必做木蘭也。」可見林語堂筆下的姚木蘭,揉合了東方女性美和西方女性美,是他心目中理想女性的具現,創造了中國現代文學極其出色、令讀者衷心喜愛的小說人物,也使得《京華煙雲》具備了足以傳世的條件。

儒道互補的人生哲學

——談林語堂《京華煙雲》的主題意涵

（一）勾勒中國的輪廓

　　林語堂（1895-1976）長篇小說《京華煙雲》（原係英文創作，書名：*Moment in Peking*），寫成於一九三九年，約七十萬字，分三卷，共四十五回，曾是當年諾貝爾文學獎候選作品，也是林語堂得意的小說代表作。此書自庚子之亂寫起，至中國全面對日抗戰、政府西遷為止，內容是關於北京姚、曾、牛三家族發生的故事，包括其間四十年來中國之政治、社會、思想、戰爭、生活等，傳神地將中國的輪廓勾勒出來，足以幫助西方人真正認識中國文化，被《時代》周刊譽為「極有可能成為關於現代中國社會現實的經典作品」。林語堂之女林如斯談起《京華煙雲》，謂此書在對西方人介紹中國社會這方面固然成功，實則此一著作在文學上的貢獻更加值得重視，她進一步指出，《京華煙雲》最大優點不在人物性格描寫得生動，不在風景形容得宛然如在眼前，不在心理描繪的巧妙，而是在於其所傳達的哲學意義。

中國先秦固然諸子百家各擅勝場，唯自漢代獨尊儒術以來，儒家就一直是中國哲學思想的主流，但林語堂服膺道家，曾寫作崇尚自然豁達思想的蘇東坡傳記，並於《京華煙雲》上中下卷，分別以莊子〈大宗師〉、〈齊物論〉、〈知北遊〉做為各卷的引言，此外，林語堂更透過小說人物，將自由、開放、達觀的道家思想充分表達出來，形成本書極重要的主題意涵。

(二) 崇尚自然的道家

《京華煙雲》道家思想的代表人物，當非經營藥舖生意的姚思安及其女姚木蘭莫屬，然仍以姚思安為主。

姚思安年輕時一度生活荒唐，是沉迷於酒、色、賭的浪蕩子，然娶妻後，一變而為真正道家的聖賢，而且有別於一般有錢人家，不納妾，又樂善好施，是眾人眼中的大善人。只是，姚思安何以突然間痛改前非？書中並未進一步交代。這位富貴的一家之主，除去打坐、書籍、古玩、兒女之外，毫不關心，對於家裏的大小事情，完全遵照道家哲學，採取無為而治的態度，事實上，他對生意業務也幾乎不管，放手交由內兄馮舅爺全權掌理。直到妻子病故，兒女成家，姚思安了無罣礙，無意於人間的一切追求，他毅然離開北京，雲遊四海，在超凡世俗的生活中體悟人生。十年後，返京與家人團聚，直到年事已高，方於睡夢中安然辭世。

木蘭是姚思安最疼愛的孩子，父女間的許多對話，充滿道家思想色彩，深深影響著木蘭的生活態度。比如為避庚子之亂，逃往杭州之前，姚思安告訴木蘭，家中收藏的那些古玩，都是分文不值的

廢物,因為:「物各有主。在過去三千年裏,那些周朝的銅器有過幾百個主人呢?在這個世界上,沒有人能永遠佔有一件物品。拿現在說,我是主人。一百年之後,又輪到誰是主人呢?」看到長子體仁愛玩樂、不成器,姚思安退而自我安慰,跟木蘭說:「若是有錢人家的兒子都好,富人不就永遠富,窮人不就永遠窮了嗎?天理循環。」且姚思安研讀道家典籍和靜坐修煉,可以說「半在塵世半為仙」,達到物我兩忘之境界,自然把財富看成身外之物。因為他支持革新,所以讓兒女接受新式教育,也捐出巨款幫助革命運動,還鼓勵女婿孔立夫,運用西方科學方法來探索中國哲學的「道」。

孔立夫問起破除舊思想舊文化,姚思安的看法是:「讓他們去做。……你忘記莊子了嗎?沒有誰對,也沒有誰錯。只有一件事是對的,那就是真理,那就是至道,但是卻沒有人了解至道為何物。」剃髮換上粗布長袍出外雲遊之前,姚思安告訴哭泣的家人:「我要出外,是要尋求我真正的自己。尋求到自己就是得道,得道也就是尋求到自己。你們要知道『尋求到自己』就是快樂。我至今還沒有得道,不過我已經洞悟造物者之道,我還要進一步求取更深的了悟。」十年後,姚思安回到家,身著道袍,坐在席上吃魚吃雞,彷如並未出家,他說:「我一路之上,只是一個乞丐。有時連青菜也沒得吃。那時候兒有人給我雞吃,我就得吃雞。這有什麼關係?」至於雲遊歸來的姚思安到底得道否?依然是個謎。

林語堂通過姚思安的人生態度和經歷,明白揭示人類崇高的品格和道家內在聯繫的契合,闡明其所要表達的道家思想,亦即人要順從天道,不受社會功名利祿的制約與束縛,進而達到人與自然之間的和諧。

（三）自律嚴謹的儒家

《京華煙雲》以道家思想貫串全書，唯林語堂另外安排傳統儒家代表人物跟姚思安相互對應，亦即女主角姚木蘭的公公、曾任前清高官的曾文璞。

曾文璞是正人君子，自律嚴，有修養，但跟姚思安比起來，曾文璞顯然過於嚴肅，也太不快樂。木蘭從來不怕父親姚思安，卻畏懼曾文璞。因姚思安是維新派，曾文璞則為舊思想舊社會舊倫常風俗的堅強衛道之士，批評革命派是「野蠻人」，是以姚思安和曾文璞之間，始終沒有產生真正莫逆的友情。

木蘭嫁給曾蓀亞不久，發現公公曾文璞恨洋書，恨洋制度，恨洋東西。他教女人多看孔廟的石碑，這才容易教訓孩子成儒生。曾文璞保守到認為，電影有男女親密鏡頭，所以是傷風敗俗的。對於女子之喜愛詩詞歌賦，亦大不以為然，他的見解是，詩與情愛有關，情愛則會使女人墮落。偏偏家裏的二媳婦牛素雲不守婦道，鬧得曾家雞犬不寧，終以離婚收場，豈不諷刺！當曾文璞被迫放棄前朝皇清一統的安穩世界，失望的他猶如喪家之犬，且不得不屈服於妻子的壓力，讓自己的女兒進教會學校學英文，這使他的自尊心受到嚴重的傷害。

曾文璞是堅守氣節的儒者，卻因過於固執守舊、不知變通，置身於新時代之中，便顯得有些可笑了，由此也更加凸顯姚思安思想的開通與進步。

（四）儒道之交融互補

姚思安崇尚道家思想，代表著作者內在的嚮往。不過，綜觀《京華煙雲》，不難看出作者「儒道互補」之用心。

依姚思安的想法，道家比儒家胸襟開闊些，儒家總認為自己對，道家則認為別家對而自己也許錯。姚思安雖為道家信徒，但他兼容並蓄，讀儒家桐城派方苞、劉大櫆，以及先秦諸子的文章，其思想不棄世不遁世，熱衷於接納新思想與新觀念。當兒子體仁跟照顧生活起居的丫鬟銀屏發生戀情，生下一子，姚母堅決反對，毫不妥協，完全拒絕接納銀屏；姚思安則於銀屏自縊身亡後，將其靈位迎入姚家宗祠，以合乎人情的態度去包容業已無法改變的缺憾，此乃儒家中庸之道。特別是在女兒婚配上，姚思安將偏於道家的木蘭嫁給來自儒家的曾蓀亞，再把偏於儒家的莫愁嫁給崇尚精神自由的孔立夫，使夫妻在個性上取得適當的調合，正是「儒道互補」之人生哲學的印證。

《京華煙雲》的主題意涵，當然是此書重要的價值所在，然無可否認，林語堂在主題意涵的呈現上，難掩其缺失。比如直接的抒議於小說中在所難免，唯不宜過多，而且必須注意到讀者對小說藝術欣賞的要求，採取藝術化的表達方式，綜觀《京華煙雲》，作者經常藉由姚思安之口說出道家的思想哲理，不時於敘事過程中直接介入闡釋，固然使內容更加豐富深刻，卻難免予人為加強哲理意蘊而向讀者進行說教之感，形同強迫灌輸。就小說藝術表現言，其熔鑄力不免有所欠缺。

總之，《京華煙雲》堪稱林語堂小說最高成就之作，以史詩的

規模，向讀者敘述二十世紀前期三四十年間，北京城內三個富貴之家的興衰變幻和三代人的悲歡離合。書中所宣揚的「儒道互補」之人生哲學，可說是林語堂獨特思想的深層表現，這種儒道交融、寓道於儒的人生哲學，亦是林語堂在中西文化價值衝突裏，從文化互融的角度來思考人類文化命運的結果，在在值得讀者一再沉思回味。

豐富的譬喻與犀利的諷刺

——進出錢鍾書《圍城》

（一）歷久不衰的文學經典

　　以文化論集《管錐篇》和文藝批評集《談藝錄》聞名於世的學者型作家錢鍾書（1910-1998），其唯一長篇小說《圍城》，寫於中日抗戰期間，在戰後的一九四六年出版，這部小說以辛辣、機智、幽默的筆觸，寫出對人、人性與人生的洞察與燭照，尤其大大諷刺了當代知識分子的虛假、荒謬、可笑，拿捏得恰到好處，頗有新《儒林外史》的意味，受到廣大讀者的讚賞與喜愛，更被夏志清《中國現代小說史》譽為中國近代文學最有趣和最用心經營的小說，可能亦是最偉大的一部。其妻楊絳〈寫「圍城」的錢鍾書〉一文提到，錢鍾書自信還有寫作之才，問他想不想再寫小說，他說：「興致也許還有，才氣已與年俱減。要想寫作而沒有可能，那只會有遺恨；有條件寫作而寫出來的不成東西，那就只有後悔了。」所以，自我要求甚高的錢鍾書於《圍城》之後，只從事研究或評論工作，未再創作小說。然就此一部《圍城》，已奠定錢鍾書文學創作

的不朽地位,成為家喻戶曉、歷久不衰的現代文學經典。

(二)人生如圍困的城堡

　　《圍城》約二十三、四萬字,主要是說一個善良、不討厭,但一無是處、沒有積極人生觀的人,在人生旅途中進退失據所遭受的痛苦。故事發生在一九三七年夏天,方鴻漸到歐洲遊學四年,讀了三所大學,帶著美國克萊登大學博士學位的假文憑,從法國返回上海,住在已故的未婚妻家中,與大學同窗的留法女博士蘇文紈及蘇女表妹唐曉芙發生了情愛糾葛。方鴻漸回絕蘇文紈的愛,卻也遭唐曉芙拒於門外,他戀愛失敗後,和原是蘇文紈的追求者趙辛楣成了好朋友,兩人一起接受湖南三閭大學聘書,離開傷心地。赴任途中,教授李梅亭、助教孫柔嘉等同行,歷經艱險,也發生了無數趣事,終於抵達湖南。在大學任教期間,方鴻漸看到校園派系間的勾心鬥角,不知不覺地捲入其中,遭到同事排擠,而他和英語助教孫柔嘉的關係日趨親密。後來,趙辛楣因「誘拐」中文系汪主任年輕的太太而匆匆離校,獨自去重慶發展,自此方鴻漸成了孤鳥,更被校方排斥。結果方鴻漸與「煞費苦心」的孫柔嘉訂婚,採趙辛楣之議,先在香港結婚,再回到上海,但因彼此個性差異與雙方家庭等種種因素,造成夫妻矛盾失和,常因瑣事爭吵,引起一連串誤會,幸福轉瞬即逝,自稱「飯桶」的方鴻漸不禁感嘆,家裏真跟三閭大學一樣,都是「是非窩」。加以時局緊張,方鴻漸辭去上海報館工作,打算前往重慶跟趙辛楣一起發展事業,唯孫柔嘉不願離開上海,希望丈夫留在上海接受姑母安排的工作,雙方皆不退讓,爆發

激烈衝突，終於導致無可避免的分手悲局。

（三）譬喻豐富精采

譬喻豐富是《圍城》藝術表現的一大特色，顯示作者之才氣洋溢，在在讓人擊節。如形容西餐難吃：「上來的湯是涼的，冰淇淋倒是熱的；魚像海軍陸戰隊，已登陸了好幾天；肉像潛水艇士兵，曾長時期伏在水裏；除醋以外，麵包、牛油、紅酒無一不酸。」比喻大學教師之等級，謂「講師比通房丫頭，教授比夫人，副教授呢，等於如夫人」，是以講師升副教授容易，副教授升教授難上加難，其生動有趣，令人會心一笑。錢鍾書對於兩性的譬喻，尤稱一絕，如蘇文紈堅持幫方鴻漸釘上襯衫迸脫的鈕扣，他想，「假使訂婚戒指是落入圈套的象徵，鈕扣也是扣留不放的預兆」；方鴻漸告訴蘇文紈的表妹唐曉芙，「說女人有才學，就彷彿讚美一朵花，說它在天平上秤起來有白菜番薯的斤兩。真聰明的女人決不用功要做成才女，她只巧妙的偷懶──」；三閭大學的范小姐和孫柔嘉是室友，內心不滿意對方，表面上卻像好朋友，方鴻漸暗笑：「女人真是天生的政治家，她們倆背後彼此誹謗，面子上這樣多情，兩個政敵在香檳酒會上碰杯的一套工夫，怕也不過如此。」類似的例子俯拾皆是，唯難脫大男人主義之色彩。

至於最精采的譬喻及象徵，莫過於與小說同名的「圍城」。先前方鴻漸赴趙辛楣的「鴻門宴」上，「中國新哲學創始人」褚慎明道：「關於蓓蒂結婚離婚的事，我也跟他（指羅素）談過。他引一句英國古語，說結婚彷彿金漆的鳥籠，籠子外面的鳥想住進去，籠

內的鳥想飛出來：所以結而離，離而結，沒有了局。」蘇文紈道：
「法國也有這末一句話，不過，不說是鳥籠，說是被圍困的城堡，
城外的人想衝進去，城內的人想逃出來。」後來，方鴻漸和趙辛楣
都失了戀，二人同病相鄰，化敵為友，趙辛楣還邀方鴻漸一起到湖
南三閭大學任教，這時方鴻漸告訴趙辛楣：「我還記得那一次褚慎
明還是蘇小姐講的什麼『圍城』。我近來對人生萬事，都有這個感
想。」的確，人生諸事，豈非若此？小說最後，方鴻漸和孫柔嘉結
婚，進了婚姻的「城堡」，同時也套上精神的枷鎖，飽受精神「城
堡」的困擾。婚後衝突愈加尖銳、爭吵不斷，方鴻漸終於還是選擇
逃離「圍城」的束縛，應驗「圍城」困境之喻，怎不噓唏！

（四）諷刺犀利的照妖鏡

　　錢鍾書《圍城》之中，文化人的墮落與人性的醜陋，勾勒出那
荒亂時代的浮世繪，特別是對於充滿虛假作偽心態的知識分子，予
以犀利的諷刺與批判，讓人印象深刻。錢鍾書妻楊絳曾為文指出，
《圍城》只是小說，是創作而不是傳記，唯《圍城》小說中的某些
角色，倒有真人的影子。換言之，曾留學英法的錢鍾書，以他熟悉
的人時地及人際關係做為寫作素材，再經過作者豐富想像力的虛
構，創造了小說情節。

　　其中，主角方鴻漸由岳家出資留學四年，換了三所大學，學而
未成，返國前只好花十元美金買來假哲學博士文憑，以便向家人朋
友交代。方鴻漸雖然撒謊，但還有道德良心，求職時絕不列上此一
空頭學位，未料三閭大學歷史系教授韓學愈，竟也買了同一大學博

士文憑，公然招搖撞騙，方鴻漸未予揭穿，心想：「撒謊騙人該像韓學愈那樣才行，要有勇氣堅持到底。」當韓學愈獲知方鴻漸停聘的消息，「拉了白俄太太在家裏跳躍得像青蛙和跳虱，從此他的隱事不會被個中人揭破了」。作者將此一不學無術之徒取名「韓」學「愈」，其諷意昭彰也。此外，中文系教授兼訓導長李梅亭要求教職員以身表率，課餘不可打麻將消遣，勿違反師生共同生活原則；結果他被拉去一起玩，就不再吭氣了。而且，李梅亭道貌岸然，滿嘴仁義道德卻表裏不一，他小氣好色，賣私藥、嫖土娼，樣樣都來，所謂之「假道學」，莫此為甚。

作者對於文化人的諷刺，也不遺餘力，如歸國留學生劍橋詩人曹元朗，方鴻漸批評道：「那種人念念不忘是留學生，到處掛著牛津劍橋的幌子，就像甘心出天花變成麻子，還得意自己的臉像好文章加了密圈呢。」譏諷他那中文西文夾雜的新詩：「簡直不知所云。而且他並不是老實安分的不通，他是仗勢欺人，有恃無恐的不通，不通得來頭大。」再如研究哲學的褚慎明，常翻外國哲學雜誌，查出世界大哲學家的通訊處，寫信讚美他們個個是「現代最偉大的哲學家」，哲學家們喜出望外，回信稱褚慎明是「中國新哲學創始人」，相互標榜；到了歐洲，褚慎明就用盡心思去拜訪西洋大哲學家，藉以自抬身價。以上只是較具代表性者，綜觀之，《圍城》的諷刺與批判，猶如「照妖鏡」一般，令這些自命高尚的知識分子無所遁形。

（五）題材和內涵的不足

　　《圍城》以戲謔與諷刺取勝，唯錢氏極力馳騁其文才，難免會有學者作家的筆法出現，無法令一般讀者完全了然於小說內容；在運用譬喻時，也有的似是而非，造成比喻失當的情況。儘管小說結尾寫到慢分的老鐘噹噹響起，「無意中對人生包涵的諷刺和悵惘，深於一切語言，一切啼笑」，讓人讀之滋生一分超越「憐憫」的心情，但整體而言，《圍城》在題材的廣度和內涵的深度上，仍顯不足，情節亦有些單調，甚至作者不時跳進小說中去大發議論，或刻意的掉書袋，難免炫耀賣弄之嫌，所以有些中國新文學史對於《圍城》，評價不高，甚至認為是失敗之作，僅簡單介紹或根本略而不提。即使學者之說，見仁見智，然就「豐富的譬喻」與「犀利的諷刺」之藝術表現成就言，《圍城》確有其文學價值與特色，堪稱中國四十年代文學不可忽視的重要作品。

自由的嚮往與實踐

——談高行健《靈山》與《一個人的聖經》

（一）不按牌理出牌

　　榮獲二〇〇〇年諾貝爾文學獎的高行健（1940-），因是中國流亡作家，已入法國籍，又是文學、戲劇、美術三棲，且其文學著作當時僅出版半自傳性質的長篇小說二種（《靈山》約三十萬字，費時七年完成；《一個人的聖經》約二十六萬字，費時三年完成）、短篇小說集一種（《給我老爺買魚竿》，共十七篇，約十六萬字），以這「少量」的作品而贏得舉世矚目的大獎，加上其小說並不好讀，是以高行健的獲獎自是頗有爭議。尤其不少人批評高行健「名過其實」，認為他不按牌理出牌，罔顧一般小說的寫作要素，以致分段零碎，時空交錯繁複，結構鬆散隨興；書中人稱不斷變換，主角亦一概無名無姓，未見刻意經營，讓讀者印象模糊不清；敘事者不但不時有大段的心理獨白，甚至於「不知所云」，還會夾敘夾議，發表各種看法，就像論文一般。特別是，「性」似乎成了小說主角生命中唯一有意義的事情，更有許多露骨的、令人臉紅心跳的情慾描寫，不免令人疑惑

不解！

　　如果以傳統、保守、道德的角度去看高行健的小說，得到上述的感想並不意外，他在《靈山》第七十二章就代替一般的讀者提問：「把遊記，道聽途說，感想，筆記，小品，不成其為理論的議論，寓言也不像寓言，再抄錄點民歌民謠，加上些胡編亂造的不像神話的鬼話，七拼八湊，居然也算是小說！」然而，高行健曾於《給我老爺買魚竿》跋已提到：「用小說編寫故事作為小說發展史上的一個時代早已結束了。用小說來刻畫人物或塑造性格現今也已陳舊。……如今這個時代，小說這門古老的文學樣式在觀念和技巧上都不得不革新。」由此可知，高行健之寫作乃是刻意如此，他不想重複寫實主義所遵循的反映社會人生的老路，並且企圖擺脫一向認為是小說核心成分的情節和人物。若了解高行健的「嚮往自由」以及所謂的「沒有主義」，那麼對其小說即較能接受，進而欣賞其奧妙了。

（二）嚮往自由與堅持「沒有主義」

　　高行健之嚮往自由以及其「沒有主義」的堅持，顯然來自於對極權專制（文化大革命即為代表）的不滿與反抗。他由詩寫到劇本，文化大革命一來，為了保命，他嚇得全都燒掉。（見高行健領諾貝爾獎答謝辭）之後，他弄去耕田好多年。這期間他偷偷寫作，把寫的稿藏在陶土罈子裡，埋在地下。不料文革之後，他仍受到壓迫，所寫的又禁止發表。逃到了西方，他深感自由的可貴，加以耐不住寂寞，乃繼續寫，而且隨心所欲，寫自己想說的話，也不在乎出版不出

版，只要自己寫得痛快，活得快樂。

　　有感於種種「主義」總是意味著集體的偏執，集團的瘋狂，集結的暴力，以神聖的名義對異己的摧殘，以群體的名義對個人的踐踏，高行健討厭一切「主義」，特別是那些有著強烈的政治意味或意識形態意味的主義，例如共產主義、法西斯主義、馬克斯主義……等等，高行健在《沒有主義》一書的自序說：「沒有主義，是現今個人自由的最低條件，倘連這點自由也沒有，這人還能做人嗎？要談這樣或那樣的主義之前，先得允許人沒有主義。」又說：「我甚麼派都不是，不隸屬於任何主義，也包括民族主義和愛國主義。」他的可貴，在於從厭惡極權政治出發，導出對所有「主義」的拒絕──包括一般人都不願反對或不敢反對的民族主義和愛國主義，進而高倡個人權利、個體自由，尤其是精神上的尊嚴與自由。於是，對個人尊嚴與精神自由的信仰與追求，成為高行健思想的核心、作品的靈魂，而在表現形式上，也就形成其深具特色的風格了。

（三）文革的反映與逃亡的告白

　　《靈山》的主人翁為尋求一方淨土「靈山」，深入中國人跡罕至的西南邊區，遍訪了回、苗、侗、羌、彝……等少數民族，以及遊歷過江南之後，又回到北京，至於「靈山」為何？主人翁說：「我其實什麼也不明白，什麼也不懂。就是這樣。」而關於文革的恐怖與殘酷，《靈山》也提到不少，但《一個人的聖經》則幾乎是以此為主軸。《一個人的聖經》書中的敘事者在香港遇見猶太女

子,她提起自己在十多歲時遭德國畫家強暴的痛苦記憶,於是牽引出「他」的文革記憶,覺得心頭「有過近乎被政治權力強姦的感覺」,因而不得不寫下這樣一本書。

《靈山》一書,在大山裡逮到的「野人」最能凸顯文革的可怕,野人本在大學裡研究甲骨文,只因年輕氣盛,開會時對時局發表幾句狂言,就被打成右派,下放青海農場勞改,後來鬧災荒,差點死掉,先是逃回上海,但因家人不敢長期藏匿,他才輾轉跑進大山,這一躲就二十年,成了世人亟欲「研究」的野人,豈不可悲!

另外,透過許多場景,《一個人的聖經》可以說忠實而詳細地記錄了中國人在那一個「沒有戰場卻處處是敵人,處處設防卻無法防衛的時代」,所遭遇的種種黑暗、恐怖與悲慘。在鋪天蓋地、無處不在的政治風險中,為了生存,不得不說眾人都說的話;集會喊口號時,更不能不即刻跟上喊出聲,還不能不喊清楚,不能有任何遲疑,否則隨時有被打成「反革命」的可能。人與人之間不得不戴上虛假的面具,彼此完全失去了信任,即使對方是最親密的愛人也一樣如此。這是什麼樣的世界?《一個人的聖經》的敘事者就表示,他需要一個窩,一個擁有個人隱私而不受監視的家,可以大聲說話,想說什麼就說什麼,一個可以出聲、思想的個人天地。這真是一場絕無僅有的人間大悲劇!

為了活下去,為了維護做人的尊嚴,唯一的出路便只有「逃亡」。所以,誠如劉再復於《一個人的聖經》跋所言,這是「逃亡書」。高行健更進一步說明,「我以為人生總也在逃亡,不逃避政治壓迫,便逃避他人,又還得逃避自我,這自我一旦覺醒了的話,而最終總也逃脫不了的恰恰是這自我,這便是現時代人的悲劇。」

（見民國八十四年十二月二十三日中央副刊專訪）《靈山》的「我」也說道：「他們自有一個我永遠也走不進去對我封閉的世界，他們有他們生存和自衛的方式，游離在這被稱之為社會之外。我卻只能再回到眾人習以為常的生活去苟活，沒有別的出路，這大概也是我的悲哀。」這樣無奈的告白，讀來怎不掩卷嘆息？

（四）自由的嚮往與闡釋

《靈山》和《一個人的聖經》中，關於文革、極權、專制的壓迫，令人不寒而慄；對自由的嚮往與闡釋，則最值得欣賞。

高行健透過《靈山》的「我」說：「沒有目的便是目的……而生命本身原本又沒有目的，只是就這樣走下去罷了。」又說：「人本是自由的鳥兒，何苦不尋些快活？」《一個人的聖經》的「你」慶幸居然贏得了表述的自由，再也無所顧忌，講自己要說的話，寫自己要寫的東西。「你」以再平常不過的心態來看這世界，如同看你自己，你也就不恐懼，不奇怪，不失望也不奢望甚麼，也就不憂傷了。尤其高行健索性在《一個人的聖經》第三十九章，通篇以哲理散文詩的形式來闡釋「自由」：「自由是你自己對生命的意識，這就是生之美妙，你品嘗這點自由，像品味美好的女人性愛帶來的快感」、「說佛在你心中，不如說自由在你心中。自由絕對排斥他人，倘若你想到他人的目光，他人的讚賞，更別說譁眾取寵，而譁眾取寵總活在別人的趣味裡，快活的是別人，而非你自己，你這自由也就完蛋了」。以上莫不令人印象深刻，值得細細去咀嚼回味。

（五）情色的大膽書寫

　　不論是《靈山》或是《一個人的聖經》，都有大量的，而且坦白直接的情慾描寫，曾有讀者於高行健來臺演講時，公開表示疑惑，並以此詢問其創作動機。高行健當場並未直接回答何以在情色方面如此放縱任性，只避重就輕地說，不喜歡的話逕自跳過這些章節吧！

　　事實上，《一個人的聖經》的「他」即自承好色，「由衷喜愛漂亮女人，而他沒女人的時候，便自己下筆，寫得還相當色情。這方面，他毫不正人君子，甚至羨慕唐璜和喀薩諾瓦，可沒那豔福，只好把性幻想寫入書中」。情慾在高行健的小說裡扮演著份量頗重的角色，如果把這一部分從中抽離，則高行健的小說勢必大為失色。小說的取材，本就不該有禁忌與限制，何況性愛與色慾乃是聖人都難免的「人之大欲」。平心而論，《靈山》中與「你」同行的「她」，或者《一個人的聖經》那個「他」與所「享用」過的少婦林、少女蕭蕭、毛妹、小護士、學生孫惠容、逃難邂逅結婚而又離婚的許倩，乃至旅行時遇見的法國、義大利、德國等外籍女子，對於交往的經過，敘事者坦率不諱，赤裸裸地呈現男人「食色性也」的本性，尤其《一個人的聖經》中猶太女子瑪格麗特的部分，描寫更是露骨。整個說來，顯然多性慾少愛情，但讀來並不覺得齷齪淫穢，若有人當作淫書看待，未免過猶不及。

　　高行健小說人物在性方面的放縱，極可能是長期受壓抑的緣故；這壓抑顯然與文革或極權專制的恐怖有密切關聯。《一個人的聖經》裡有這樣的對話，瑪格麗特問：「因為受壓抑，才想放

縱？」「你」說：「就想在女人身上放縱！」瑪格麗特答：「也想女人放縱，是不是？」由此當可尋到蛛絲馬跡。也就是說，在那連意志都被閹割的專制壓迫下，唯有性腺尚具自主性，藉著恣意交歡，正是追求「自由」的另一種表現形式吧！

只是，高行健小說人物每每無可避免的「多慾而少愛」。《靈山》的「你」對愛情就非常悲觀，認為「愛情不過是一種幻影，人用來欺騙自己」；感覺心已經老了的「我」則認為「愛太沉重，我需要活得輕鬆，也想得到快樂，又不想負擔責任」，「同女人的關係早已喪失了這種自然而然的情愛，剩下的只有慾望」。《一個人的聖經》的「你」亦完全耽溺在情慾之中，說：「是女人給你注入了生命，天堂在女人的洞穴裡，不管是母親還是婊子。你寧願墮落在幽暗混沌之中，不裝君子。」「你」害怕婚姻，害怕再受女人制約。自由對於「你」比甚麼都更可貴，可「你」止不住愛著足以把苦難變得美好的她。偏偏女人的哲學是──要性也要愛，於是彼此便產生矛盾、衝突了。結果女子們往往會像《靈山》與「你」同行的「她」一樣，心裡一片荒涼，咒罵「你」是魔鬼，然後絕望離開。最終，不管是「你」、「他」或是「我」，因為失去了愛的能力，只好孤獨，也唯有孤獨才能生存下去。怎不令人心酸！

（六）小說形式與語言的獨創性

高行健小說形式與語言的獨創性，也可視為「自由」思想的具現。他在受獎演說辭〈文學的理由〉說：「我在小說中，以人稱來取代通常的人物，又以我、你、他這樣不同的人稱來陳述或關注同

一個主人公。」《靈山》中，第一人稱「我」和第二人稱「你」實為一體，後者為前者的投射或精神的異化，而第三人稱「他」則又是第一人稱「我」的靜觀與思考；至於《一個人的聖經》，「此時此地」的「你」是旅居法國的流亡作家，「彼時彼地」的「他」表示文革時期那生活在中國的自己，二者互相穿插。像這般同一個人物用不同的人稱來表述，所造成的「距離感」反而提供了更為廣闊的心靈空間。高行健運用「人稱代詞」的技巧，可以說十分巧妙、成功，讀來新鮮、有趣，成為其小說的一大特色，其他人恐怕很難超越，如果貿然模仿，極可能落得「畫虎不成反類犬」。

　　關於高行健的小說語言，乍看之下，雖不華麗，頗為質樸，實則不時流露出迷人的詩意，如《靈山》的「她逕自走了，消失在小街的盡頭，像一則故事，又像是夢」、「一朵豔紅的山茶花插在鬢角，她眉梢和唇角都閃亮了一下，像一道閃電，把個陰涼的山谷突然照亮」、「好像做了個夢，夢中的村莊落著雪，夜空被雪映照，這夜也不真實，空氣好生寒冷，頭腦空空蕩蕩，總是夢到雪和冬天和冬天在雪地上留下的腳印，我想你」；再看《一個人的聖經》，「只有這時，躺在荒草中，望著空中飄浮的雲慢慢移動，沒有顧慮，沒有風險，男歡女愛，他方才感到自在」、「孩子們的聲音漸漸遠了，直到看不見他們的身影，長了草的土路也變得荒寂了」，是不是很美呢？

　　語言的實驗，更是大膽，尤其《靈山》裡，三十字以上的長句可謂司空見慣，最誇張的是第七十二章，「他」大談「小說理論」，在十四個問句之後，竟然一口氣連續四百九十四字完全未斷句，非得反複多看幾回才懂個大概。這樣的寫法到底好不好，乃見

仁見智也。作者則一逕耍賴，說：「這一章可讀可不讀，而讀了只好讀了。」似乎唯有在完全不考慮能否出版的前提下寫作，才可能這樣子「玩」語言吧！

（七）立下中國小說里程碑

由內容龐博的《靈山》和其姐妹篇《一個人的聖經》可知，高行健確是嚮往自由，而且勇於實踐，「沒有主義」的他不顧一切的去書寫所謂「人生的真實」（並非紀實），大膽揭開假象，切入現實的表層，深深觸及到現實的底蘊，他也是一名踽踽獨行於靈魂與人性幽微處的探險者。高行健作品最令人動容的地方，不僅是他的小說語言，而且在於對自由的執著，以及對人的尊嚴毫不妥協的堅持，如果只因對他特異的寫作形式不習慣，乃至以道德的立場批判其情慾描寫過多，刻意錯過這「立下中國小說里程碑」（劉再復語，見《一個人的聖經》跋）的作品，將是心靈的莫大損失。

高行健在文學、戲劇、美術的全方位發展中，原本繪畫的經濟效益最大，他的水墨畫每年開展，收入足夠支撐他不為稿費而寫作，幫助他進入自由寫作的境界，也為他贏得了大獎。如今，巨額的獎金當更使他在寫作的路上無後顧之憂，高行健將會帶給世人甚麼樣的新作，的確令人期待。只是，《靈山》和《一個人的聖經》均具有極濃厚的自傳色彩，且諸如敘事者的身世背景、文革經驗，以及闡述「自由」的種種，在前後兩本長篇巨著中已有重複出現的跡象，是以未來在寫作時如何去避免「重複」，應是高行健必須深加注意的課題吧！

展現臺灣女性小說的另一面貌
──談蔡素芬《鹽田兒女》

（一）雅俗共賞的鄉土小說

　　文學論者認為，八○年代以降的臺灣女性小說普遍帶有濃厚的中產階級都會氣息。到了九○年代，第一部贏得自立報系百萬小說大獎的凌煙《失聲畫眉》，以及獲得一九九三年聯合報長篇小說獎的蔡素芬（1963-）《鹽田兒女》，則與前述之論大異其趣，凌煙《失聲畫眉》透過描寫臺灣民間歌仔戲班的墮落，刻畫整個臺灣社會的沉淪；蔡素芬《鹽田兒女》以南臺灣為背景，刻畫底層人民生活，承襲傳統臺灣本土對故鄉的歌詠，生動呈現風土人情，書寫鹽田兒女的悲歡離合，在在展現臺灣女性小說的另一面貌。尤其蔡素芬《鹽田兒女》的故事敘述、人物塑造、心理描寫、語言運用皆十分出色，且具有相當濃厚的鄉土氣息，堪稱雅俗共賞而又深具藝術性的長篇小說。

（二）鹽田兒女的悲歡離合

　　《鹽田兒女》以六〇、七〇、八〇年代為歷史背景，由農及商，由臺南鄉下到高雄港都。敘事以七股小村王家為主軸，王知先識漢文而不得志，踩三輪車維生，間或返鄉於鹽田工作，妻阿舍久病在身，家中育有四女一子，家計困難。長女明心出嫁未久即操勞過度，因病去世，王家經濟重擔於是落在次女明月身上，阿舍以兒女皆小，堅持明月招贅，使得深愛明月的青梅竹馬「大方」因是家中獨子而錯失這一美好姻緣，導致明月一生命運坎坷。在父母安排下，明月招贅的夫婿「慶生」，竟然嗜賭成性，明月勸阻爭執，不時慘遭毆打，唯木已成舟，後悔莫及。大方得知明月婚姻不幸福，內心痛苦。後慶生因偷鹽私賣觸法入獄三月，一直愛著對方的明月與大方在一春日午後得以有了長久以來夢寐以求的結合，生下女兒祥浩，然此事大方和慶生都被蒙在鼓裡。大方要求明月離婚，明月無法擺脫傳統束縛而未允，大方失望，聽從父母意見，婚後隨即偕妻離鄉至高雄打拚。留在小村的明月對慶生的好賭，束手無策，打打鬧鬧，還是養育了三子一女。後來，明月和慶生終獲阿舍同意，也離鄉到高雄奮鬥，在碼頭和砂石場打工，吃盡苦頭。明月對慶生之嗜賭忍無可忍，提出離婚，只因女兒不捨慶生而未成。

　　阿舍在大方返鄉拜訪後，猜出外孫女祥浩的身世，獲得明月證實，母女同守此一秘密，於是長期以來的緊張關係得以和解。當阿舍去世出殯，明月大慟。隨著孩子逐漸長大，家境獲得改善，還清債務，未料慶生賭後車禍重傷住院，出院已無法人道，且不再工作，個性益發暴怒，明月則默默忍受，繼續出外打工，負擔家計，

她知道慶生需要家庭的安慰。這時,明月於工作的貨櫃場與大方重逢,大方事業有成,妻病故,育有兩子,昔日情人十八年未見,此刻不勝唏噓。謙卑而又堅毅的明月感到心安,但絕不接受大方同情的饋贈,她依然守住祥浩身世之秘,畢竟日子不會回頭,眼前的人生還要奮鬥下去。

(三)人物塑造栩栩如生

　　《鹽田兒女》共寫三代人,重點放在第二代,尤其是明月、大方、慶生這三個人物,其塑造均栩栩如生,令人印象深刻。

　　明月是《鹽田兒女》的敘事核心,她直髮圓臉,有對烏黑的大眼睛,雙腿修長,是小村公認的黑美人,年輕一輩的夢中情人,她個性活潑卻又倔強,精明靈巧,身手矯健,家事以及收鹽、抓魚、挖蛤仔、養蚵……等,樣樣難不倒她。為了家庭,她勤勞工作,照顧弟妹,毫無怨言,可是大姐婚後不幸病故,體弱的母親失去安全感,堅持明月招贅,她雖百般不願,終屈從母命,犧牲了自己與大方之間青梅竹馬的真愛,嫁給好賭成性的慶生,夫妻間經常暴力相向卻又兒女成群,吃苦一生。女兒祥浩眼中的母親,為家庭付出青春美麗,任重任勞地犧牲,認命地過日子;兒子祥鴻看母親日夜伺候照護住院的父親,形色憔悴,懷疑到底什麼力量支持著她「逆來順受」。明月是被傳統思想束縛的可憐女性,生活在丈夫暴力下而無法掙脫,不過,明月不願讓妹妹們重蹈她的覆轍,告訴明玉:「若有甲意的要跟二姐講,我替妳做主,免得像我和大姐一樣,年紀一到就隨便找人嫁。」此外,明月把對大方的愛意深藏內心,意

外和大方生下愛的結晶祥浩，守住這秘密，就像永遠守住大方和她共同的甜蜜往事，由此看來，明月亦非全然傳統型的女性，多少保有了女性自主意識。就人物塑造言，明月猶如《鹽田兒女》一顆閃亮耀眼的黑珍珠。

至於愛戀明月八年的大方，因是獨子，不得入贅，只好眼睜睜看著明月嫁給別人。大方的專情令人感動，即使明月已有夫有子，他依然不肯結婚，當他得知明月遭夫毆打成傷，心想：「——畜生，伊不配妳，明月，我怎能讓伊瀆褻妳。妳知道，我才是妳最好的，只要妳願意妳仍可和伊離緣，我一直在這裡等妳，不管阻力有多大，我都要將妳從伊那裡救贖到我身邊來——。」《鹽田兒女》在人物塑造技巧上，類似的心理描寫處處可見，使讀者進一步了解人物的內在世界。大方亦告訴明月：「妳若不愛伊，可以反悔離緣，囝仔生下來，我來養，我們做夥去都市打拚。我不能看妳在這裡給人糟蹋。」但明月明白回答：「我講過，我無可能離緣，村子裡那有聽過這款事，我若做出來，父母一世人也不認我，我在人前要怎樣舉頭？你好好一個人，何必拖這些囝仔？慶生也絕對不會甘休。」大方這才死心放棄，拖到三十四歲，聽從父母之意成婚，隨即偕妻離鄉至高雄打拚。其實，大方早打算離鄉，只因牽掛明月而留下，他深知「若他一直在村子待下去，那些遊走小路上和蹲在廟門曬太陽的老人就是他未來的影子，生命似有若無的在風吹日曬裡默默的完結了」。果然，在高雄奮鬥有成，經營建設公司和貨櫃場等事業。十八年後，見到歷盡滄桑的女工明月時，妻子已經病故，他對明月依然念念不忘，關心她的生活，非常願意幫忙她。大方既是擺脫農業經濟束縛而融入工商社會的英雄，也是一往情深的中年

男子,保有真誠之心,未被名利所薰染。

明月招贅的夫婿慶生,其嗜賭一再帶給明月痛苦,是代表「惡」的人物。慶生從小父母雙亡,眉清目秀,態度隨和親切,阿舍第一眼就很有好感。他雖因怯水無法出海捕魚,但工作相當努力勤快,詎料未久即露出好賭本性,為了賭,偷錢、搶金鎖片、毆妻,乃至惹來牢獄之災。明月懷了身孕仍得到鹽田辛苦工作,慶生有時卻四處找人聊天、唱歌,令「恨鐵不成鋼」的明月大為失望。慶生固然讓明月恨得想離婚,不過,他疼愛孩子,對於家庭畢竟還是盡到了些責任,使明月打消了分手的念頭。孩子長大了,慶生依然沉迷賭博,明月勸阻不成,遭丈夫拳打腳踢,原先同情父親的女兒祥浩此時已比明月更不能忍受,慫恿母親:「妳真該跟伊離婚,免受這種氣和威脅,這次我誰也不跟,我長大了,可以自己獨立過日子。」明月卻反過來提醒女兒,父親的種種好:「伊對我不好,對你們是有責任,想妳嬰仔時破病,伊無顧半暝天黑,拿一支手電筒綁在車前照路,暝時冷,伊踏車大粒汗小粒汗一直流,惶茫送妳看醫生,四處借錢給妳開刀。這點恩情妳不能忘,不要因伊對我壞就怨伊。」總之,夫妻冤家的糾葛關係,一言難盡,作者在塑造慶生這個「惡」角色時,兼顧到「善」的一面,避免簡單化的缺失,令讀者信服,堪稱英國小說家佛斯特所謂的「圓形人物」,在人物塑造上取得頗高之成就。小說描寫人生、表現時代,人物塑造成功,小說也就有了不朽的可能。

(四) 風土人情與方言運用

　　蔡素芬於書序說：「故事以感情為訴求，紀念風土人情的意義勝於其他企圖。」而《鹽田兒女》在風土人情的呈現上，確實用心，書中可以看到許多平實細膩的描寫，諸如鹽田風光、漁船出海捕撈烏魚蝦群及返航、搭蚵棚養蚵採收和剝蚵、挖蛤仔……等，以及冬至、過年、元宵等民俗活動，增添小說結構的骨肉，且文筆十分優美，試看作者筆下的鹽田景致：「灰黑的田地上積著引灌進來的淺淺海水，陽光豔豔的季節浮出一顆顆純白結晶鹽，在烈陽下扎著亮人光芒，一方田上有千萬顆，一田一田，千萬顆連著千萬顆，延伸到天邊，好像銀河落在人間。」誠如小說獎評審李喬所言：「文字間流動著炎熱的南臺灣海邊鹽田的風貌，抓住了那種陽光、空氣與水分，作者釀造的氣氛非常成功。」高度讚許《鹽田兒女》的鄉土想像。然研究者林怡蕙指出，《鹽田兒女》對從村落到高雄之間，以及對高雄的環境脈絡之描述並不完整，明顯不足，幾乎僅限於高雄港地區物質環境的交代，無法突顯從鹽田地區來到高雄都會的人之轉變。

　　一般而言，語言文字可以掌控小說的氛圍，不同的的題材需要展現的情境氛圍各異，作者應使用不同的語言風格來呈現。蔡素芬有鑑於此，其《鹽田兒女》的人物對話，自覺性地運用方言，以期符合南臺灣的氛圍，形成作品之一大特色，亦增加不少閱讀趣味，尤以王母阿舍的部分最為生動，例如阿舍罵長女明心：「不孝女，嫁人一年多才來一封信，我是青盲牛（文盲），妳唸給我聽，看伊過年不回來是在變什麼戲路。」對次女明月之不願招贅深表不滿，

打斷正在為弟弟縫製褲子的明月的工作，說：「明輝沒褲子穿就讓伊脫褲卵（光屁股），妳不要以為厝妳在看顧我就沒妳法度。妳對厝攏是虛情假意，心肝內不知在想啥？若無，我說招個女婿來幫忙厝內事，妳怎樣不肯答應？」諸如此類的對白，以閩南語讀之，益增人物之生動。可見方言足以加強小說的寫實能力，增加人物的逼真感，當角色使用符合其身分背景的語言時，作品的世界馬上由平面進入立體。

當然，《鹽田兒女》的方言寫定猶有不足之處，諸如對話中的「妳靜靜可不可以」的「靜靜」、「妳怙就是這樣讓妳寵壞」的「讓妳寵壞」、「捏一雙筷子」的「筷子」、「晚上月娘就圓了」的「晚上」、「今日高興了點」、「驚會肚子餓」的「肚子」、「再囉嗦就吃巴掌」、「喉嚨都喊破了」、「咬牙切齒」、「手電筒」、「真能幹」……等句子或字詞，莫不都是普通話，如此閩南語和普通話夾雜在一起，言語並不純粹，若能參考政府公布的「臺灣閩南語推薦用字表」、「臺灣閩南語卡拉 OK 正字字表」或是其他閩南語詞典再予修正，《鹽田兒女》的方言才可能真正如另一小說評審朱炎所說的「清爽傳神」吧？

早熟的教改少年

──談侯文詠《危險心靈》的人物塑造

（一）探索複雜難解的教育問題

　　《危險心靈》是暢銷作家侯文詠（1961-）的第二部長篇小說，上一部長篇小說《白色巨塔》，侯文詠以其既有的醫學背景為基礎，討論政治與醫療體系的權力問題，題材勁爆，頗具可看性，引起讀者熱烈反應，卻也因為人物處理顯得平面，不夠立體，敘事沉滯與故作嚴肅而毀譽參半。至於《危險心靈》，侯文詠探索的主題為台灣極其複雜難解的教育問題，我們從中可以感受到侯文詠做為關心青少年子女教育的父親之急切與焦慮，同時其在小說創作方面力求突破的企圖亦顯而易見。此部教育小說共九章，約二十二萬字，主要是台北市禮仁國中三年十四班的謝政傑，以第一人稱敘述「我」在短短八天之內發生在他身上的事件。侯文詠藉由謝政傑因為上課偷看漫畫被處罰而引發的一連串事端，乃至演變成一場一發不可收拾的抗爭學潮，從中凸顯台灣教育的沉痾，並且予以嚴厲的批判，令人心有戚戚焉。

（二）核心人物塑造

　　《危險心靈》的核心人物是就讀國三的謝政傑，他來自基督教家庭，父親從商，母親為雜誌總編輯，父母關係並不融洽。升上國中，被「一心為子女著想卻又盲從潮流」的母親，透過關係，安排進入升學班，在老師眼中，謝政傑愛搞笑，有些小聰明，不過成績尚佳，有兩學期成績還得到全班前三名，不是一般所謂的「壞學生」。他平時喜愛閱讀，文筆很出色，從他上理化課偷寫新詩可以得證。其個性自認如果有一些懶洋洋，或者和藹的感覺，肯定來自老爸的遺傳，至於其他譏諷的部分，恐怕全拜老媽之賜。謝政傑凡事抱持悲觀，因為「**預感的事只要有那麼一絲絲快樂的成分，就一定不會實現**」。他頗有主見，諸如不去班導那裡補習之類，有時容易惹老師生氣，雖非存心如此，卻很多時候連他自己也沒有辦法控制，他認為自己的內心根本就是仙人掌，不管試圖說什麼或者是寫什麼、畫什麼，到最後它們全都變成了仙人掌的刺，螫得別人哇哇叫。於是，他因不服管教，頂撞師長，被貼上了「壞學生」的標籤。

　　謝政傑平時更是滿嘴滿腦的髒話，比如收到朋友汝浩為他加油打氣的卡片，他心裡這樣子說：「**到了這種年紀的男生，還用賤兔卡片，未免太過於裝可愛了。不過他們全家，從汝浩媽媽開始，都是這個調調。大驚小怪啦，寫卡片啦，說一拖拉庫沒有元氣的屁話……**」關於家長會長的兒子趙胖，謝政傑告訴我們：「**趙胖是個蠢蛋，沒辦法，碰上他你很容易就退化到跟他一樣的心智，做著這些蠢事。**」其人物語言十分天真逗趣，令人印象深刻。

　　侯文詠塑造謝政傑的手法，無可避免地讓人聯想起美國知名成長小說 J. D. 沙林傑的《麥田捕手》，主人翁荷頓・柯菲爾德，紐約人，十七歲，父親是律師，對兒子期望很高，費心安排他去讀知名的私立住宿學校，可是他因操行不良與成績欠佳，讀了幾所學校卻一直無法順利畢業，最後甚至慘遭退學，在父母收到退學通知之前的聖誕節前夕，他一個人孤獨地在自幼生長的大紐約閒蕩，苦悶至極。荷頓・柯菲爾德是不夠用功，滿嘴髒話，喜歡胡扯，像一般年輕人那樣，反虛偽，厭惡權威，愛批評，凡事不滿，可以說小毛病不斷，卻沒犯過什麼大錯，而且他有愛心、富人性，他不是壞孩子，也絕非精神病，大人對他只是缺乏溝通與了解罷了。事實上，侯文詠在《危險心靈》也提到謝政傑喜歡《麥田捕手》的主人翁荷頓・柯菲爾德，雖然侯文詠筆下的小傑相當生動，令人難忘，但因風格跟霍登太過於相似，其藝術創意自然減低了不少。

　　本書所謂「危險心靈」，指的就是謝政傑這樣擁有獨立思考能力的國中生，他在不該擁有獨立思考能力的年紀裡，保有這份獨立思考能力，能夠認清事件的核心意義，並且成為顛覆既有體制的潛在危險元素。然而，小傑畢竟是國三生，十五歲而已，卻早熟到頻頻發表連大人思考都未必比得上的言論，這跟他的實際身分並不吻合，如謝政傑對教務處的成績優良公告欄，有以下看法：「遵守這種價值的人得到表揚，違反這種價值的，就得到一定的懲罰。但是，到頭來是誰在制定這個價值標準呢？這個價值是不是就代表絕對的真理呢？」關於記過處分，謝政傑諷刺著階級的不平等，說：「無論如何，『下』不該冒犯『上』，不管是『上』說的話不合理，或是『上』既有的好處太離譜了也一樣。……即使『上』和

『下』犯了同樣的錯誤，但因『上』擁有獎懲的權力，而『下』沒有，因此『上』可以以『暴力』和『態度傲慢』種種規範來制裁『下』的冒犯。」謝政傑還由禱告聯想到學校所教的知識，並且提出質疑：「如果聖經的故事只是神話，學校教的才是真正的知識，為什麼這些知識一點也沒有讓我看到真理、看到生命的道路，或者是黑暗中的光？我不明白，難道只有這些瑣碎的知識才是重要的嗎？否則，為什麼學校從來不教我們思考並且疑惑：人為什麼活著？活著又有什麼價值？什麼才是值得追求的？為什麼學校只要求我們領先，成功，卻從來不教導我們如何追隨內在的價值，如何懂得愛與分享？難道這些也都是神話？」面對成長，謝政傑有這樣的感觸：「我一直以為長大就是累積與擁有，從來沒有想過，長大很可能也意味著不斷地失去。」以上小傑的這些想法，就一位國中生而言，都過於成熟，應是作者本身思想的直接移植。甚至於謝政傑參加現場 Call in 節目或遊行、抗議、演講，莫不成竹在胸，有條有理，毋怪乎王乾任稱他是「台灣史上最強的小孩」。相對的，如此也就很難去說服讀者，讓讀者衷心相信，的確有這樣一個深具「危險心靈」的、很特別的孩子。

（三）次要人物塑造

除了謝政傑之外，《危險心靈》之中，侯文詠著墨最多的是不良份子高偉琦和中輟生艾莉，這些大人眼中的壞朋友，卻是最支持、最相信謝政傑的人，只不過，他們跟謝政傑同樣犯下言語與身分不盡相符的缺失，如嗑藥、賣搖頭丸、耍勇鬥狠的高偉琦，竟然

高談闊論生活的虛無與荒謬：「我們的生活啊，每天八節課，每週
七天，每一年十二個月，五十二個禮拜……日復一日都是重複、無
聊的日子，等著考上好學校，出社會進一流的公司，找到一流的工
作，期待領最多的薪水，再日復一日地工作工作……直到死時辦一
個稱頭的喪禮，買一副人人羨慕的好棺材，好讓大家都懷念你。你
不覺得這很瘋狂嗎？」而中輟生艾莉是電腦駭客，有「電腦小魔
女」之稱，亦對學校教育侃侃而談：「我覺得學校的一切，好像只
為了能夠達到他們需求標準的那些好學生而存在的。你只有達到他
們的標準，長大才能變成了和他們一模一樣的勢利眼。如果你達不
到標準，或者不想當勢利眼，你就活該被當成失敗者、垃圾，永遠
不會有人在乎你……」這樣的談話內涵有其深度，但出自青少年之
口，未免令人訝異。

　　還有，值得商榷的是，艾莉的中輟以及高偉琦之成為問題少
年，侯文詠都十分同情他們，並且將之歸因於家庭的不健全、學校
的功利現實、社會的黑暗混亂，然而艾莉和高偉琦本身卻不必負絲
毫責任嗎？書中對此隻字未提，這可以說是《危險心靈》次要人物
塑造的迷思。

（四）提出有力的批判

　　《危險心靈》探索的是台灣極其複雜難解的教育問題，也提出
十分有力的批判。國三生沈韋心靈被喚醒，因無法承受痛苦而跳樓
自殺身亡，激化整個抗爭事件，結果堅持獨特教書風格、帶班極嚴
的班導詹老師辭職了，卻自認「憑藉良心教書，對得起家長，對得

起學生，更對得起這個社會」，說自己才是「受害者」。而教育主管官員自認倒楣，不得已下台，問題依舊存在。侯文詠雖然藉著謝政傑大聲控訴：「為什麼從來沒有人問我們的社會、教育到底出了什麼問題？為什麼只會問我們小孩有沒有好好努力讀書，用功讀書？卻從來不問，教育可曾給小孩子帶來快樂、希望？照這樣下去，這個只讓我們學會了競爭、學會了恐懼的教育體系，將來還會逼死更多孩子的，誰來救救我們的孩子？」但他終究找不出救贖之道，僅僅點到為止的說，教育失敗是「整個文化與制度的問題」。

其實，個體尋求生存時若是面臨激烈競爭，就難以避免地助長整個社會的文憑主義與功利思想，所謂自由、開放、平等、快樂、進步的學校教育必然成為不可能實現的夢與理想，於是轉到另一所學校上課的謝政傑也只能「無言以對」，用沉默來表示對學校教育以及大人世界的失望，終將長大變成和現在不一樣的人，怎不無奈！也由於謝政傑這個角色，未如《麥田捕手》的荷頓一樣，在桀驁不馴、憤世嫉俗的外表之下，還能夠發揮他的愛心和人性的光輝，願意站在危崖的邊上，攫住每一個跑向危崖的小孩子，防止遊戲的孩子掉下危崖，所以說，《危險心靈》的謝政傑不像《麥田捕手》的荷頓·柯菲爾德這樣讓人感動與喜歡，《危險心靈》亦未若《麥田捕手》那般讓讀者悟出人生的道理了。

後　記

歐宗智

　　自大學時代開始，讀小說寫小說也評小說，一直樂在其中，這算是另類的「三合一」吧！關於閱讀與寫作，特別是小說方面，多少有了些心得，除書前〈自序〉所言，尚有可供分享者，茲錄於后：

關於閱讀

　　● 喜歡閱讀，我們就成為有「才、情、趣」的人，不會讓人覺得俗不可耐，如同花有了「色、香、味」一般。均衡的人生，應該是工作與休閒並重，而閱讀可以增添生活樂趣，也是最簡單、方便的休閒活動，何樂而不為？

　　● 讀書有益於心，如運動之有益於身。閱讀更是一種腦力激盪、心智鍛鍊，或是性格涵養。所謂「腹有詩書氣自華」，讀書足以變化氣質，黃庭堅云：「人不讀書，則塵俗生其間，照鏡則面目可憎，對人則語言無味。」且讀書亦帶來生命活水，增加人生智慧，朱熹〈觀書有感〉說得好：「半畝方塘一鑑開，天光雲影共徘徊；問渠那得清如許，為有源頭活水來。」至於讀書之境界，張潮

《幽夢影》有此妙喻：「少年讀書，如隙中窺月；中年讀書，如庭中望月；老年讀書，如臺上玩月。皆以閱歷之淺深，為所得之淺深耳。」此誠長期浸淫於浩瀚書海之心得也。

● 「新書」當然要先睹為快，不過，新書未必近期出版的才算，其實凡未讀過者即為新書。讀書貴在主動，無時無地不可讀，古人曰枕上馬上，亦即臨睡前、旅途中，都是讀書的好時機。讀書要不為考試、功名，方有樂趣可言；若為「工作專業」而讀書，這是不夠的。而好讀書的張潮連什麼季節適合讀何種書籍，都有自己一番見解，謂：「讀經宜冬，其神專也；讀史宜夏，其時久也；讀諸子宜秋，其致別也；獨諸集宜春，其機暢也。」即連二十一世紀的今天，張潮之說猶可借鑑。

● 讀書的胃口要大，軟硬不忌，什麼都讀。尤其文學在於表現人生，反映人生，使我們認識人生，所以說，人生因文學而豐富，文學因人生而發光。好的文學作品必定能引起共鳴，讓讀者感同身受，進而深思反省，乃至化沮喪悲愁為奮發向上。總之，世界巨著或文藝小品兩相宜，讀得喜歡讀得感動就行。

● 愛書人一定同意，閱讀如果醬，有了閱讀，生活這一片土司不再乏味；閱讀如茶葉，有了閱讀，生活這一杯水不再平淡；閱讀如玫瑰，有了閱讀，生活這一座花園才不失色；閱讀如探戈，有了閱讀，生活這一場舞會才不單調；閱讀亦如師友，有了閱讀，人生這一條路不再寂寞。

● 智者曰，閱讀不能改變人生的長度，但可以改變人生的寬度；閱讀不能改變人生的起點，但可以改變人生的終點。好東西要和好朋友分享，讓我們一起來享受閱讀之樂，改變我們的人生吧！

關於寫作

● 許多人研讀專書，學習寫作之道。其實，專書固然系統嚴謹、內容面面俱到，畢竟未若作家的傳記或經驗談來得生動、有趣，那其中展現作家內在的風華，映照智慧的內涵，即使只是吉光片羽，對有心寫作者卻十分受用。

● 為什麼寫作？一定是內心深處被神秘的什麼觸動了，純粹出於內在的創作動機，亦即所謂「情動於中而形於言」，於是乎不吐不快，完全不計其利。曹雪芹寫《紅樓夢》是沒有稿費的，早年對臺灣現代文學產生深遠影響的《筆匯》、《文季》、《現代文學》……等雜誌，像黃春明、七等生、王禎和、陳映真……等作家，當時在這些刊物上發表作品，也都沒稿費可領，卻樂此不疲。

● 有人主張文以載道或是文章淑世，但「為人生而藝術」對一般人來說，或許太沉重了。其實，寫作好比一種淨化過程，把自己經歷的、想說的話都寫了出來，也使自己不至於崩潰。更簡單說，寫作第一就在拯救作者自己。

● 苦難對寫作的人來說，是無形的「財富」與「資產」。司馬遷慘遭宮刑而有《史記》、柳宗元貶官而有「永州八記」、蘇東坡謫黃州而有〈赤壁賦〉、文天祥被囚而有〈正氣歌〉……，這樣的例子在文學史中不勝枚舉。所以說，人生的無奈，正是寫作的觸媒和絕佳的題材。

● 文學是生活、藝術和思想。從事寫作，首須體驗生活、認真生活，使之化為作品的養分，寫作題材才會源源不絕；再者，磨練寫作技巧，提升作品的藝術水準。當然，作者還得不斷地閱讀，從

中找尋人生的答案，如此寫出來的作品，具有思想性以及深沉的內在，也才可能恆久恆遠恆大。

● 寫作要能耐得住孤獨與寂寞，而且忠於自己的感覺，百無禁忌，絕對的自由，海闊天空任翱翔，充分去發揮。應酬、外務不斷，心靜不下來，執筆時每有顧慮，綁手綁腳放不開，如何能寫出感動讀者的好作品？

● 作品要先感動作者自己，才能夠感動讀者，一再回味。「感動」的表徵，應是「哭」與「笑」，作品讓讀者看得開心，或會心一笑或拍案叫絕，就是感動讀者的好作品；當然，作品讓讀者看得感同身受，或傷心落淚或大哭一場，經淚水洗滌之後，內心又是多麼暢快！甚至有了面對生活的勇氣，覺得未來充滿希望，這更是感動讀者的好作品。

● 寫作的文類有許多種，包括詩、散文、小說、戲劇、評論等，通常作家都會「跨類」演出，極少只從事某一種文類，不過也有在各種文類領域都具一定水準以上表現者，猶如田徑場上「十項全能」的「鐵人」。平心而論，每個人一天都只有二十四小時，不會比別人多出一分半秒，若能長期而專精從事一種創作，累積下來的寫作成績應該會有所不同吧？

● 外表出眾、口才便給，經常在大眾媒體出現的作家，著作不多，久久才在書市亮相一下，這不能算是真正的作家。真正的作家，應是喜歡閱讀思考、認真生活、關懷人間社會，而且勤於創作、不斷有作品問世的人。

● 寫作要先讀書，而且要「貪」，什麼都讀，遇到佳句或是重要觀念就謄抄下來，慢慢消化，還要多加觀察，吸收別人的經驗，

擴大自己的生活，隨手剪報，廣泛蒐集資料，最好是養成寫日記的習慣。像這樣，靈感在心中醞釀，當靈感來了，馬上提筆寫作，畢竟文章是要練的，練久了，自然水到渠成。如果碰到瓶頸，寫不出來，不妨隨時擱下，出門走走，等靈感來了再說。

● 寫作猶如烹飪，不宜急火爆炒，講究的是文火燜燉，其中分寸拿捏，端賴作者從寫作過程中，體悟其奧妙。文章寫完，不必急於發表，宜先冷卻一陣子，再拿出來修改，反覆檢查、推敲，如果覺得不滿意便另起爐灶、重新來過。

● 不用怕退稿，即使是諾貝爾文學獎得主也沒有不曾被退過稿的。退稿，不是打擊而是磨練，正好給自己再次冷靜審視的機會。事實上，退稿經過大刀闊斧、改頭換面之後，常常會有好的結果。

● 寫作不外乎「寫什麼」和「怎麼寫」。作品首須講求內容，絕不無病呻吟，犯下「為賦新詞強說愁」的通病；唯有深沉、內在的東西才值得寫。作品的包裝固然重要，但光有漂亮的面子而沒有紮實的裡子，終究無法通過時間的考驗。

● 文學不分古今中外，寫的不外乎人生的「生與死」、人性的「善與惡」，以及人情的「親情、友情、愛情」。然作者如果刻意強調內容、凸顯議題，除非技巧高超，化有形於無形，否則容易流於說教、八股，一不小心就會掉入窄小的死胡同。

● 寫作應先由熟悉的題材著手，寫自己比較了解的東西，再跨出個人和地域的限制。無論如何，都得用自己能夠掌握的方法去寫、去呈現。不必為了脫穎而出，於是標新立異，詰屈聱牙，盲目耍弄炫麗的辭藻而脫離了基本語言，甚至於讓人看不懂，難以下嚥。畢竟，文學最基本的要求是要教人覺得趣味，看得下去。如果

作者思想夠深刻，又有優秀才華，只要努力以赴，大可毋需譁眾取寵、不擇手段。

● 簡潔而含蓄是寫作表現的重要原則。除了少用虛字之外，可以一句話講明白就儘量不要講兩句話，勿自作聰明、畫蛇添足，這樣的「簡潔」留給讀者某種程度的想像空間。「含蓄」，是有距離的美感，「點到為止」的美，留有餘地，令人再三體會、咀嚼回味；太直接、太露骨、太白反而破壞作品的美感。

● 作品完成、發表，即為獨立的存在，任何讀者都可以有自己對此一作品的看法。作者不應聽到讚美就沾沾自喜，聽到不喜歡的批評就被激怒。作家面對批評最好的方式是，聽取善意的批評，堅持依自己的想法創作，拿出更好的作品來回應評論家和讀者。

● 文學論述不僅是詮釋作家心態、考證文本源流、做為文學的附庸而已。真正優質的文學批評，甚至可以和創作互為發明、互為因果。文學批評和創作一樣，具有創造性；文學批評藉由批評的對象孕育評論家的思想，本身也成為一種特殊形態的「文學創作」。

關於小說

● 散文是茶或汽水，詩是酒或咖啡，小說則是套餐或宴席；散文若是散步，詩就是跳舞，而小說便是長跑了。文學作品有優劣之分，然各文類各有其不同表現特色，並無所謂高下之別。

● 小說描寫悲喜人生，表現時代社會，作者運用想像力，揉合現實所創造的人物成功了，小說也就不朽了。如曹雪芹《紅樓夢》的賈寶玉和林黛玉、托爾斯泰《安娜·卡列尼娜》的安娜、巴斯特

納克《齊瓦哥醫生》的拉娜、川端康成《雪國》的藝妓駒子、鍾肇政《臺灣人三部曲》的奔妹……。

● 小說是龐大的工程，需要嚴謹的架構。小說要有精采的故事，以及令人深省的思想。尤其長篇小說敘事要夠多，素材要夠豐富，而且細節必須準確無誤，才能夠讓人相信，彷彿身入其境。

● 小說的好壞，非關表現的形式，關鍵在於是否表現得宜？有無感動讀者？所謂網路新世代小說，普遍的缺點是盲目追求形式創意，可惜連故事都說不好，毫無趣味可言，教人難以卒讀；而其題材每每驚世駭俗，將同性戀或者色情、不倫當成社會常態，拆卸作品的表象則內容空洞無物，讓讀者覺得浪費時間。

● 每個人的一生都是一篇或長或短的小說，有的單調枯燥，有的生動有趣。而小說家須具備書寫自身經驗以外人事物的天分，包括虛構的想像力和合理的組織能力，才真的能成為一個好的小說家。

● 長篇小說作者必定擁有豐富的人生經驗，更是廣義的思想家、哲學家，帶給讀者寶貴的人生啟示。作者年紀太輕，歷練不足，思想也不夠成熟，徒有才氣和熱情，不太可能寫出真正優異的長篇小說。

踏上文學這條路，生活變得忙碌、充實而有意義。雖然大環境已經改變，美好的文學時代似乎已經過去了，但「衣帶漸寬終不悔」，而我也堅信「文學不死」，閱讀與寫作依然會是我最佳的休閒活動。

國家圖書館出版品預行編目資料

透視悲歡人生——小說評論與賞析

歐宗智著. － 初版. － 臺北市：臺灣學生，2009.03
面；公分

ISBN 978-957-15-1448-2(精裝)
ISBN 978-957-15-1447-5(平裝)

1. 小說 2. 文學評論

812.7   98002813

透視悲歡人生——小說評論與賞析 (全一冊)

著　作　者：歐　　　宗　　　智
出　版　者：臺 灣 學 生 書 局 有 限 公 司
發　行　人：盧　　　保　　　宏
發　行　所：臺 灣 學 生 書 局 有 限 公 司
　　　　　　臺 北 市 和 平 東 路 一 段 一 九 八 號
　　　　　　郵 政 劃 撥 帳 號 ： 0 0 0 2 4 6 6 8
　　　　　　電　話　：（0 2）2 3 6 3 4 1 5 6
　　　　　　傳　眞　：（0 2）2 3 6 3 6 3 3 4
　　　　　　E-mail：student.book@msa.hinet.net
　　　　　　http：//www.studentbooks.com.tw
本書局登
記證字號　：行政院新聞局局版北市業字第玖捌壹號
印　刷　所：長　欣　印　刷　企　業　社
　　　　　　中 和 市 永 和 路 三 六 三 巷 四 二 號
　　　　　　電　話　：（0 2）2 2 2 6 8 8 5 3

定價：精裝新臺幣三八○元
　　　平裝新臺幣二八○元

西　元　二　○　○　九　年　三　月　初　版